BIRINAITES CATIRIPAPOS E BOROGODÓ

BIRINAITES CATIRIPAPOS E BOROGODÓS

CRÔNICAS DE LUIS COSME PINTO

K KOTTER
EDITORIAL

© LUIS COSME PINTO

DIREITOS RESERVADOS E PROTEGIDOS PELA LEI 9.610 DE 19/02/1998.
É PROIBIDA A REPRODUÇÃO TOTAL OU PARCIAL SEM AUTORIZAÇÃO,
POR ESCRITO, DA EDITORA.

COORDENAÇÃO EDITORIAL: SÁLVIO NIENKÖTTER
EDITOR-EXECUTIVO: VINÍCIUS SAMUEL
EDITORES-ADJUNTOS: CLAUDECIR DE OLIVEIRA ROCHA /
DANIEL OSIECKI/ JOÃO LUCAS DUSI
CAPA: PAULA VILLA NOVA
PROJETO GRÁFICO: ANDRE LUIZ C. MENDES
PRODUÇÃO: CRISTIANE NIENKÖTTER

DADOS INTERNACIONAIS DE CATALOGAÇÃO NA PUBLICAÇÃO (CIP)
ANGÉLICA ILACQUA – CRB-8/7057

Pinto, Luis Cosme
    Birinaites, Catiripapos e Borogodó / Luis Cosme Pinto. --
Curitiba : Kotter Editorial, 2022.
    196 p.

ISBN 978-65-5361-156-6

1. Crônicas brasileiras I. Título

22-6073   CDD B869.3

KOTTER EDITORIAL
Rua das Cerejeiras, 194
82700-510 | Curitiba/PR
+55 41 3585-5161 | www.kotter.com.br | contato@kotter.com.br

1ª EDIÇÃO | 2022

Este livro é dedicado às três leitoras
mais importantes da minha vida:
Lorena, Luísa e Sylvia

AGRADECIMENTOS

Muitos amigos se tornaram leitores com o propósito de estimular, corrigir e sugerir. Eles me contaram histórias magníficas, daquelas que lamentamos não se passarem conosco. Aproveitei uns causos aqui, outros ali.

Outros me indicaram livros, confirmaram informações. Sem medo da verdade, me aconselharam nos textos menos inspirados. "Faz outro, não ficou bom".

Entre os amigos está o grupo de alunos e professores do curso de pós-graduação em Literatura de Não Ficção do Instituto Vera Cruz. Turma boa que me abraçou e se deixou abraçar

E, claro, tem a gente que encontramos pela vida.

Aí estão esses amigos decisivos na aventura de Birinaites, Catiripapos e Borogodó:

Sergio F.C., Rita Lisauskas, Luiz Guerreiro, Fernando Muniz, Zezo Cintra, Livia Lakomy, Ingrid Tabarez, Roberto Taddei, Marcia Fortunato, Gabriela Aguerre, Silvana Tavano, Chico Felitti, Carolina Zuppo, Fabrício Corsaletti, Andreia Oliveira, Renata Lima, Luiza Fecarotta, Antônio Bezerra, Martha Cavalheiro, Diogo Medeiros, Pedro Oliveira, Pedro Racy, Regina Camargo, Paulo Cesar Figueiredo, Flávia Varella, Francisca Carvalho, Rafael Baliu, Abiatar Arruda, Roberto Precioso, Percival de Souza, Valmir Salaro, Paula Baptista, Moacir Beleza, Davi de Almeida, Luciana Bérgamo, Douglas Godinho. Leandro Diniz, Marcos Aidar, Renato Diniz, Mylene Guerra, Aidil Guerra, Carlos Dornelles, Walter Mesquita, Mariano Boni, Sylvia Palma, Ana Carmem de Jesus.

Abraço minha família, a família Pinto: Luis Roberto, Elizabeth, Fábio, César, Aline, Daniel, Luis Pedro, Ana Lúcia, Pedro, Leonardo e Luccas Nitta. Minhas filhas Luisa e Lorena, desde sempre amigas e amores. Minha companheira e também escritora, Sylvia Mello.

Meus pais, de onde estão, muito me inspiraram. Edgar e Therezinha vocês foram e são tudo.

ÍNDICE

É CRONISTA PORQUE GOSTA DE GENTE OU
GOSTA DE GENTE E POR ISSO VIROU CRONISTA? 11

1. PAPO DE BOTECO 13
    O CHOPP ACABOU 15
    AS GELADEIRAS DE GILBERTO 19
    BADALADAS 27
    MADRINHAS 35
    LANTERNINHA 45
    NANDO, JESSE, ELY E CIA. 53

2. A GENTE DA VILA BUARQUE 61
    PASSARELA 63
    PIAUÍ, LOGO ALI 67
    FAXINA 71
    HERANÇA 75
    CAMA DE PEDRA 79
    DESASSOSSEGO DE UM POSTE 85

3. NA CATRACA 91
    OLHA O RAPA 93
    UM PASSINHO À FRENTE, POR FAVOR 99
    LARANJÃO DA MADRUGADA 105

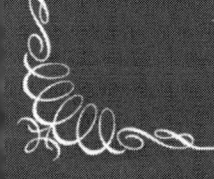

4. OS IMORTAIS 111
    BOA NOITE E BOA SORTE 113
    BEM AMADO 121
    O SORRISO DO DINIZ 127
    JOÃO PAULADA 135
    CAVALO E FOCA 139
    CAÇADORES 145

5. ÁLBUM EM PRETO E BRANCO 151
    DONA LIBERDADE 153
    PORTÃO VERMELHO 157
    UM ABRAÇO NO CHEFÃO 163
    BIRINAITES, CATIRIPAPOS E BOROGODÓ 169
    ASSIM NASCIA UMA CORDILHEIRA 175
    QUE DIA É HOJE? 181
    GUERREIRO RUSSO 187

É CRONISTA PORQUE GOSTA DE GENTE OU GOSTA DE GENTE E POR ISSO VIROU CRONISTA?

Essa foi a pergunta que me fiz ao percorrer os primeiros textos deste livro, em uma leitura já enviesada por conhecer o Cosme há mais de 20 anos e saber que se tem uma coisa que ele gosta de fazer é bater um bom papo. Sabe aquela pessoa que olha nos olhos, presta atenção em tudo o que diz seu interlocutor, interessa-se pelos detalhes da conversa e, por isso, descobre histórias maravilhosas? Acredite: antes de ser um ótimo 'escrevedor' o autor desse livro sempre foi um ótimo 'perguntador'.

Cosme agora é escritor, mas sempre foi jornalista. E dos bons. Foi um dos repórteres que mais me chamaram a atenção quando eu era apenas uma estudante de Comunicação e devorava os telejornais brasileiros em busca de inspiração, modelos, ídolos. Ele já contava histórias como ninguém. Dirigia-se de forma velada ao seu telespectador, porque falar diretamente com quem estava em casa era coisa de programa popular, jornalismo era outra coisa. E de que forma ele sempre conseguia driblar a dureza da notícia factual e convidar o telespectador a se envolver com o conteúdo de suas matérias? Garantindo protagonismo aos personagens das reportagens, quem melhor que eles para contar à audiência como a vida andava dura, o dinheiro curto, com a inflação corroendo o poder de compra do trabalhador? E eram eles, os personagens, que também ganhavam espaço para contar que o ano que vem ia ser melhor, adeus ano velho, feliz ano novo!

O caminho até a crônica já estava traçado desde ali, era só dar alguns passos, afrouxar o nó na gravada, sentar-se, pedir um chopp e conversar com todo mundo que fosse de conversa e depois colocar as melhores histórias no papel, enquanto misturava a realidade com os próprios pensamentos, porque a crônica também é a ficção que nasce na cabeça do escritor. É uma delícia reconhecer algumas dessas histórias, ver alguns personagens com nomes trocados, enxergar pessoas e paisagens graças aos olhos desse cronista sempre atento que, sim, escreve porque gosta de gente. Também porque nasceu para escrever.

Rita Lisauskas, jornalista e autora do livro *Mãe sem Manual*

1.
PAPO DE BOTECO

O CHOPP ACABOU

Nem cheio demais que não dê para sentar e, nem tão deserto a ponto de entristecer os raros fregueses. O saudável equilíbrio entre o caos de um bar superlotado, e a melancolia de copos e cadeiras vazias, mora numa esquina paulistana. Chama-se Bar Balcão. Abre cedo e fecha tarde, como as boas casas do ramo. Tem chope gelado, comida quente, vinhos com preço honesto, sobremesas e sanduíches. Não é caro, muito menos barato, mas pode ter certeza, ninguém sai com sede nem fome de lá.

Aldo, Sérgio, Juca são profissionais, não estão de bandeja na mão para conseguir uma vaga de ator numa peça de teatro ou se candidatar a modelo. Conhecem os clientes e trabalham de gravata borboleta até uma ou duas da madrugada por que ganham caixinha, têm carteira assinada, intervalo para o jantar e folga semanal.

Quem já passou por lá logo adivinha o porquê do nome. O Balcão tem uma mesa grande e única. Estreita e bem comprida, ela vai de uma ponta a outra do salão, circula, serpenteia e quase se fecha no ponto onde começa. É um grande Balcão diante do qual todos se sentam, frente a frente ou lado a lado, com desconhecidos, sem a frieza de mesas exclusivas, e o mais importante, sem que isso signifique que um chato ou uma chata vá estragar a sua noite.

Ali não é endereço de amadores. Você olha a gente bonita que entra e sai, os quadros que enfeitam as paredes, ou o bife à milanesa crocante e quentinho o tempo que quiser, ninguém vai te apressar a liberar o lugar ou insistir para que você beba mais. Lá fora, o Cláudio toma conta dos carros e quando precisa fica com a chave.

Uma das noites mais felizes da minha vida se passou nas curvas daquele balcão. No fim de 2010, lancei Ponte Aérea, um livro de crônicas cariocas e paulistanas. A noite de autógrafos aconteceu lá, numa segunda-feira. Euforia e sofrimento em doses intensas. Enquanto torce para o livro ser um campeão de vendas, você sabe do enorme risco do fracasso. A única certeza é que na noite de autógrafos você irá receber amigos queridos, falar com gente sumida, cumprimentar pessoas que vão dar uma força porque sabem que é importante para o autor. Também é certo que pelo menos uma parte da edição será vendida, que você irá ganhar elogios e cansar a mão e a cabeça com as dedicatórias. Em cada mensagem, o autor clama em silêncio: tomara que leia, tomara que goste.

Comigo, aconteceu tudo isso, mas de outro jeito. Passei dias chamando todo mundo que eu podia e até quase desconhecidos. Achava que de três ou quatro convidados, um podia aparecer, então, quanto maior a lista, menor o vexame.

Até que o inesperado compareceu e chegou antes de todos. Faltava uma hora para a festa e a tempestade de verão desabou torrencial. Rios transbordaram, houve alagamentos e São Paulo entrou em estado de emergência. No horário marcado só eu e minha família estávamos no bar. Meu irmão, minha cunhada, minhas filhas e os garçons tentavam me acalmar.

— Daqui a pouco o pessoal começa a chegar.

— Pai, quando formar a fila não vai parar mais.

— O senhor quer um chopp pra relaxar?

— Pai, sua festa vai ser superlegal, confia em mim.

Uma hora e meia se passou e voltei a respirar. A água começava a baixar. Primeiro surgiu um amigo, que morava perto, e acho que — por pura generosidade — levou dois livros. Depois entrou o dono da editora com a mulher.

Aos poucos as pessoas apareceram, algumas pouco molhadas. A fila se formou. E andou. Enfim, o lançamento tentava virar festa. Colegas do trabalho, amigos e parceiros do futebol; professores das filhas, médico e dentista da família, a moça do pet shop, o zelador do prédio, o pessoal da academia. Veio gente de todo lado. Eu tentava escrever mais rápido as dedicatórias e a fila atravessava o bar e se esticava pela calçada. Alguns clientes que não sabiam do lançamento se interessaram e foram lá para fora engrossar o que já tinha jeito de procissão.

Um garçom pediu dedicatória para a namorada, o cozinheiro fez o mesmo.

A madrugada de terça chegou, recolhi a faixa com o nome do livro, desliguei a maquininha do cartão e pude, enfim, festejar com os amigos que nem pensavam em voltar para casa, encantados com a hospitalidade do Balcão. O gerente subiu o volume de Chet Baker e trouxe também uma notícia impactante.

— O chopp acabou. Eu peço desculpas porque isso nunca aconteceu, mas a gente não imaginava tanto movimento na noite da segunda.

Poucas vezes fiquei tão orgulhoso na vida. No meu bar querido, meus amigos não me decepcionaram. Podiam até não gostar da leitura e reclamar depois, mas esvaziaram os barris de um dos endereços mais boêmios da cidade. E, claro, queriam mais.

Suavemente, o gerente falou em meu ouvido.

— Não se preocupe. Já mandei comprar cervejas em lata no posto de combustível. As duas primeiras caixas são por nossa conta.

Foi prazer de verdade o que senti ao ver Aldo e Juca com as caixas debaixo dos braços. Todas geladas, claro. A tempestade era passado e a madrugada fresca se revelava ainda mais saborosa. Trinta pessoas se divertiam, bebiam e conversavam. Eram três e meia da manhã quando nos despedimos.

Ponte Aérea teve repercussão modesta e poucas vendas, mas a alegria da comemoração no meu balcão preferido me fez um escritor muito feliz. Um livro capaz de secar o chopp do bar Balcão.

Enquanto baixava as portas e apagava a luz, o garçom comentou.

— Como escritor você foi excelente boêmio. Já é um bom início.

AS GELADEIRAS DE GILBERTO

— Vou comprar a quinta geladeira.

Fui preparado para ouvir um segredo. Doença grave, demissão do novo emprego, problema com a filha pré-adolescente. Tudo, menos geladeira.

O que dizer a alguém que pede angustiado uma conversa e traz como a grande revelação a compra de uma geladeira? A quinta.

É preciso conhecer Gilberto para entender outras estranhezas. Chefe de reportagem numa importante TV de São Paulo, comanda várias equipes, controla horários, escalas de trabalho. É bem formado e informado, cultiva fontes e se orgulha do texto objetivo e claro que ensina a iniciantes e veteranos.

Um homem ocupado, o Gilberto. Ganha bem e trabalha muito, diz que o jeito de sofrer menos com as responsabilidades é chegar bem cedo e sair bem tarde para distribuir a "encheção de saco".

Assim fala o chefe Gilberto, enquanto apaga a bituca de Hollywood no copo descartável com resto de café frio numa tarde qualquer de 1990.

O amigo Gilberto, numa noite do mesmo ano, senta comigo numa padaria na Vila Guilherme, onde São Paulo é quase Guarulhos.

Tento retomar a conversa. Mas chega a terceira rodada e Jaime, o garçom, tem prioridade.

— O meu com colarinho, Gilberto reforça, esticando o braço e alcançando uma tulipa com espessa camada de espuma.

Enfim, a minha vez.

— Gilberto, você me chama aqui, diz que o assunto é sério. Primeiro fala de uma geladeira, depois reclama que tem trabalho demais, sendo que você mesmo diz que o melhor é quase morar dentro da redação. O que é que está acontecendo? Quinta geladeira é um código?

— O mal da humanidade é a pressa. A geladeira – ainda mais a minha que tem freezer turbinado – é só a ponta congelada de um iceberg. Uma metáfora, garoto. Gosta de metáfora?

— Vou fazer de conta que não ouvi, continue.

Gilberto estala a língua com o primeiro gole, mastiga a carne crocante do frango à passarinho e só então abre o bico.

— Esther se irrita porque fico mais tempo no trabalho do que em casa.

— E por que você faz isso?

— Porque gosto mais da reunião de pauta do que do papo que temos no sofá, mais da comida dessa padaria do que das receitas esquisitas dela, mais de ver os telejornais do que encará-la saindo do banho.

— Sei.

Impossível não pensar na Esther deixando o boxe de cabelos molhados e o belo corpo ainda quente.

— Esther já disse que vai fazer um curso de gastronomia vegetariana em Londres. Percebeu o detalhe? Vai fazer. Claro, gostaria que eu pagasse e que tirasse umas férias para acompanhar. Não tenho dinheiro, nem vontade. Esther também implica com a minha filha. No último dia que dormiu em casa, a menina pediu um bife no jantar. Ganhou um hambúrguer de soja com espaguete de abobrinha e tofu. As duas discutiram e ela ameaçou bater na Manuela. Pô, a Manu tem 11 anos. A mãe da Manu, a Rosana, com quem fui casado, quase foi lá resgatar a filha.

— Que chato. E a geladeira?

— Esther ainda não sabe, mas tô caindo fora. Já vi uma sala e dois quartos para alugar. A mobília vou deixar com ela e enquanto não escolho meus móveis vou comprar uma geladeira nova. Esther ficará com a Samsung que eu trouxe quando começamos a morar juntos. Vou procurar uma Electrolux, com freezer grande e duas portas.

Tanto quanto a liberdade de solteiro, o que Gilberto queria mesmo era espaço para amontoar seu cardápio plastificado: lasanhas congeladas, pães de queijo e hambúrgueres.

Falo mais de Gilberto. Meu amigo tinha então quarenta anos, mas passava fácil por cinquenta. Às doze horas diárias de trabalho, os muitos chopps na saída e o revezamento de frango a passarinho, picanha na brasa e pizza de calabresa com muita nicotina cobravam seu preço.

Tinha menos cabelos e mais cintura do que gostaria.

— É, será a quinta geladeira, admite Gilberto, um tanto cabisbaixo. Antes da quarta, essa que a Esther já disse que é dela, teve a terceira, uma Cônsul verde água, simples e até um pouco barulhenta. Eu e Rebeca nos conhecemos no Carnaval de Brasília, no Imprensa Que Eu Gosto, o bloco dos jornalistas, em plena campanha das Diretas Já.

Foi chuva de verão. Acampei na casa dela na folia e levei quase dois anos para sair. Ofereci a geladeira que tinha e ela aceitou. A Cônsul vivia cheia de cerveja e salame, que temperavam as rodas de samba. Ouvíamos Clara Nunes, Nelson Cavaquinho e Paulinho da Viola.

— Tô gostando.

— A gente ria de tudo, gostava de tudo, decorava letras, cantava e dançava junto, tomava banho junto e um enxugava o outro. Depois se molhava de novo. Passávamos os dias na farra, ainda com a ajuda do seguro de vida do pai dela e de uns bicos que eu fazia.

Gilberto levanta para ir ao banheiro. Aguardo a volta doido de curiosidade, com vontade de perguntar como era essa mulher. Ele senta, acende outro cigarro e, sem que eu abra a boca, dá um Lexotan à minha ansiedade.

— Rebeca era bailarina, pernas longas, cintura fina, que delícia. Mas o Sérgio, conhecido de um vizinho, veja só, entendia mais de samba do que eu: carioca do Méier, conhecia os morros, as malandragens. Sei lá o que ele cantou no ouvido da minha Rebeca. Eu estava de plantão cobrindo o desfile paulistano e o canalha convidou a minha mulher para o Carnaval Carioca. Deu a ela a mais linda fantasia e depois deu muito mais. A cabrocha não resistiu, encheu o caminhão de mudança e partiu para a outra ponta da Dutra. Nem bilhete deixou. Não havia o que fazer e lá se foi a Cônsul. Ficou também com a coleção do Paulinho. Eu passei a ouvir Lupicínio Rodrigues e até hoje meu cotovelo dói.

Mais íntimo dos amores e das geladeiras de Gilberto, aceitei o chopp que Jaime me ofereceu e arrisquei.

— Gilberto, e a segunda geladeira, seria Brastemp?

— Garoto, você acertou! Brastemp, isso mesmo. Mas vamos falar primeiro da Rosana, a mãe da Manu, lembra?

— Sei.

— Ela me encarou numa noite de lua cheia em Trancoso, pegou nas minhas mãos e explicou que era questão de tempo, que eu seria o homem da vida dela e ela a mulher da minha existência. Para sempre íamos viver juntos. Uma vida inteira, eterna. Ali naquela maresia gostosa terminamos o baseado e ouvimos a música de Moraes Moreira, que vinha de um quiosque:

Deixa-me penetrar na tua onda, deixa eu me deitar na tua praia

Que é nesse vai e vem, nesse vai e vem que a gente se dá bem

Que a gente se atrapalha.

Gilberto se empolgou e repetiu o refrão em voz alta com os olhos fechados e buscando com a voz rouca o sotaque do Moraes.

... é nesse vai e vem nesse vai e vem que a gente se dá bem

Que a gente se atrapalha.

Sintonia está muito longe de ser das melhores músicas do Moraes, mas quando Gilberto gostava, era pra valer.

— É garoto, seguimos o conselho do Moraes ali mesmo na areia morna de Trancoso. Nove meses depois nasceu a Manuela.

— Conta mais, só me dá um minuto.

Agora era minha bexiga que gritava por socorro. No caminho encomendei mais dois ao Jaime.

— A mudança foi apressada e antes mesmo do berço, o que desembarcou na parede lateral da cozinha do apartamento de

Pinheiros, sem elevador e sem porteiro, foi a Brastemp. Ajudei os carregadores. Que luta trazer aquele monumento de aço pelas escadas. Linda, vermelha, de puxador cromado e pés redondos que eu atarraxei com todo carinho.

Gilberto engole em seco, tem os olhos molhados e coça a barba.

— Junto com a Manuela nasceu a nossa família. Nunca amei tanto uma mulher como a Rosana. Dormíamos e acordávamos abraçados. Manuela crescia e já tínhamos até escolhido o nome do irmãozinho dela, Teodoro.

No último gole do sexto chopp, o casal do fundo já havia partido e na padaria Estrela éramos só nós e as geladeiras.

O garçom Jaime se despede, as cadeiras descansam sobre as mesas. Começa a faxina. Água, sabão e serragem espantam a gordura e encharcam nossos sapatos.

— A saideira!

— Como era gostoso ouvir a Rosana. Professora de português, lia muito, escrevia e se expressava tão bem. Inglês e espanhol? Também falava e com dois anos de casamento aprendeu o alemão. Logo depois que a Itália eliminou o Brasil na Copa de 82, ela decidiu: queria dominar também o francês e o italiano. Ganhou bolsa para a Universidade de Bologna e desejava levar a Manuela.

Gilberto abre a carteira e exibe uma foto da menina. Descabelada, ela penteia uma boneca, no colo do pai. Mais magro, de óculos Ray Ban, ele sorri para a fotógrafa, que é Rosana, claro.

— Bola dividida hein amigo? Gilberto ignora minha frase pouco inspirada e desabafa.

— Eu disse não, ela insistiu. Eu fechei a cara, ela emburrou. Eu decidi, eram só 3 meses, fazia muito frio, a menina não ia e pronto. Manuela ficou e achei que tinha ganho a parada. O problema é que Rosana também ficou. Ficou por lá. Primeiro mais 3 meses como complemento de algumas matérias, depois mais 3 por que tinha especialização e aí já era verão e por que não viajar um pouco? Numa daquelas praias Adriáticas, mergulhou com Ângelo e voltou com o italiano na bagagem. Manuela, ainda muito pequena para entender, passou a morar com a mãe e o padrasto. Engoli o orgulho, a inveja e a gente até hoje se dá bem. Acho que Ângelo ainda refresca o vinho na minha antiga Brastemp, vermelha, de puxador cromado e os pés redondos. Magnífica.

Antes da segunda saideira, interrompo a história com a língua um tanto pesada e a voz pastosa.

— Falta a primeira.

— A história da primeira geladeira até a Rosana e o marido conhecem. Um dia apresentei a eles o Pablo, que trabalhou comigo e depois virou ator. Agora, sim, após tanto tempo, eu e ele éramos amigos, nada mais. Com Pablo comprei o primeiro refrigerador. A gente foi junto ao Mappin da praça Ramos. O vendedor indiscreto perguntou se éramos irmãos. Poucos homens moravam juntos no final dos anos 1970. Não demos conversa e nos encantamos com a Westinghouse, marca americana. Robusta, resistente, cor de café com leite, com gavetas translúcidas, igual a que avô dele tinha em Bauru, onde guardava para o neto o sorvete napolitano. Era lindo o Pablo. Alto, louro, forte e com um sorriso que era só para mim. A gente cozinhava junto, namorava e lia Clarice e Agatha Christie um para o outro.

Enquanto sustento as pálpebras, admiro a memória do meu amigo. Quanto mais álcool, mais claras e precisas são as lembranças.

— Dei para ele um violão usado, que comprei na loja do Ademir, na rua Teodoro Sampaio, com três cheques pré-datados. Meu amor muitas vezes me acordou com "Um Rapaz Latino Americano", de Belchior, e café cheiroso com ovo mexido e suco de laranja. Dividimos a cama, a casa e as doze prestações da geladeira. Ele tinha ciúmes da Sueli, a vizinha do 22, da Regina, minha ex-colega de faculdade e da Suelen, a filha da dona Antônia, a diarista. Sempre jurou que eu era hétero. Eu ouvia e não sabia o que responder. Terminamos sem brigas, num domingo de maio, pouco depois do Dia dos Namorados. Ele se ofereceu para pagar a minha parte da geladeira e eu recusei. Dei a nossa Westinghouse, com suas gavetas translúcidas, de presente ao meu primeiro e único marido. Lá dentro, deixei uma garrafa de Cinzano e um pouco das minhas ilusões.

Gilberto pede mais duas latas, que tomamos no táxi.

Foram as últimas, sumimos um do outro.

Mudamos de emprego, de cidade, de século.

Até eu troquei de geladeira.

Dia desses, numa rede social, lá estava o Gilberto, agora com mais de setenta anos, me lembrando de tudo isso.

"Alguém sabe se cliente da Porto Seguro tem direito ao serviço que conserta eletrodomésticos? O motor da minha geladeira pifou e eu não quero mais trocar de geladeira. Nunca mais."

BADALADAS

Conheci Leda no ônibus. Gostava de ouvir a conversa dela com Joana, a cobradora, até que um dia descobri que escutar o papo era obrigatório. Início, meio e fim. Cheguei a essa conclusão quando ela esclareceu a dúvida da colega de viagem.

— Você, que tem mais estudo que eu, sabe a diferença de problema para pobrema?

— É fácil, Joana. Problema é imposto atrasado na prefeitura, ou quando cortam a luz da gente, ou ainda quando o médico não aparece para trabalhar no posto de saúde; pobrema é marido vagabundo e sonso, é filho que gosta da rua e não quer estudar, é sogra metida e ciumenta.

— Deixa ver se eu entendi, problema é coisa grave, que ferra a gente; pobrema é mais simples, a gente resolve em casa, do nosso jeito.

— Isso. Você tá com problema ou pobrema?

Joana desconversou. Acho que como eu estava sentado ao lado da Leda, ela não quis contar. Desconfio que era problema.

Desde aquele diálogo me deu vontade de saber mais da Leda, e passamos a conversar nos momentos em que Joana atendia algum passageiro ou olhava o celular.

Leda é separada, tem dois filhos e um neto, está mais para sessenta que para cinquenta. É enfermeira de um hospital particular. Enquanto a maioria vai para o trabalho, ela volta. Faz o turno da noite porque ganha um adicional.

Puxo assunto.

— Esse horário é problema ou pobrema?

— Gostou né? É pobrema. Não consigo namorado, mal vejo os amigos. É um horário antissocial. Por isso que eu resolvi dar uma virada.

Antes da virada, adianto que Leda é uma dessas brasileiras que sonham com o próprio negócio. Uma empreendedora, como passou a se dizer.

Nos últimos meses, decidiu montar um bar e para conseguir o dinheiro vai entrar no plano de demissão voluntária do hospital.

O desejo é maior do que ela mesmo imaginava. Leda só pensa no boteco, na decoração, no cardápio, nos futuros funcionários, no dinheiro entrando. Imagina acordada e dormindo.

O sonho se repete e Leda tem caneta e papel embaixo do travesseiro para anotar e não esquecer. Para minha sorte o congestionamento é grande. Ela se ajeita no banco, arruma a cabeleira grisalha e me conta.

O começo é sempre o mesmo: eu ando sozinha pelo bar, que se chama Boêmio. Doze mesas com pé de ferro e tampo redondo de mármore, cadeiras de madeira, assim como o chão. É tudo de verdade, copo americano, pratos brancos de louça, talheres de aço inox, palitos Gina.

— Aí vou explicando para alguém que não mostra a cara, mas quer saber de tudo.

— Homem ou mulher?

— Homem e curioso.

Ela segue na fantasia. Fala como se o bar não fosse sonho.

O plástico não é bem-vindo na casa. Nem nos banheiros entra. Eles são dois e podem ser usados por todos, não tem esse negócio de rosa e azul.

Nenhum azulejo nas paredes do salão, nenhuma TV, nada de futebol.

Dispensamos, eu e minha sócia...

— Sócia?

— Calma. Deixa-me continuar, o sonho tem um ritmo.

— Ah tá, desculpe.

Bem, eu e minha sócia dispensamos geladeiras com nome de cervejaria. No sossego de um tanque de lavar roupa, a bebida gela, coberta por sal grosso e notícia velha.

Lá fora, em vez de mesas, grudamos um carpete vermelho na calçada larga. Em cima do tapete, um pequeno piano, bateria e o banquinho do violeiro. Há espaço para dançarinos e pedestres, ninguém se esbarra. A gente da Vila Buarque encosta, dança e pede música. Tem choro, tem samba. Tem tudo.

O ônibus não andou dez metros e já me sinto no bar.

Minha sócia passa longe do caixa, não gosta de conta, nem precisa. Carmem aprendeu com a avó os quitutes de boteco. Comida dos fortes lapidada nas casas de família em que trabalhou. Pastel de costela e de queijo coalho, moela acebolada, rabada desossada com agrião, iscas de fígado com quiabo, sardinha empanada no fubá; aos mais recatados, mandioca frita, berinjela assada, picles e tremoços.

Bife, arroz, feijão e ovo só pros funcionários e os quatro craques da bandeja. Osvaldo, Djalma, Valdir e Juscelino sabem os resultados da rodada, não trocam pedidos, conferem a conta e respondem apenas quando perguntados.

— Pera aí Leda, como você sabe o nome de todo mundo?

— Sabendo, ora. E tem muito mais gente. Presta atenção.

— Tá.

Ela dá outras informações do sonho mais longo e detalhado que ouvi na vida.

O cardápio curto facilita pros garçons e agrada ao Peixoto, que só faz os drinques que gosta. Gin tônica, Caipirinha, Rabo de Galo. É também o Peixoto que fica de olho no estoque de cerveja, vinho e água. Do mesmo jeito que o plástico, refrigerante está em falta. Hoje e sempre. Ajudantes, garçons, turma da limpeza, os dois caixas e a gerente, todo mundo se reveza. O Boêmio abre às seis da tarde e serve a saideira final às seis da manhã.

— Esta semana tive outro sonho, era um complemento deste primeiro. Tudo se passa na madrugada de um sábado.

— Oba.

A gente tá exausto e três mesas comemoram um aniversário. Valdir, que não se aguenta em pé, sugere: "com jeitinho, a gente fala que tem um presente. A festa é por conta da casa, mas pra ganhar eles precisam ir embora antes das 4 da manhã, ou seja, em dez minutos."

A gerente deu o recado, o grupo levantou e partiu pra festejar em casa o aniversário e a economia. A gente fechou mais cedo, ufa.

A notícia correu.

— Verdade que ontem foi tudo na faixa?

— Quando vai ter outra?

— Tem que baixar aplicativo?

Na noite seguinte, o garçom-marqueteiro traz outra ideia. Dessa vez, guardada na mochila. Um sino dourado de latão, que o próprio Valdir poliu em casa.

O ônibus agora acelera e a viagem de Leda ganha novo fôlego com a criatividade do garçom Valdir.

— Simples, muito simples. A gente anuncia que vai ter uma boca livre por mês, a data sai por sorteio e na hora do aviso batemos o sino. O número de badaladas será o mesmo da mesa.

— Não vai incomodar a vizinhança? A gente já é obrigado a parar a música à meia-noite.

— Nada. O vizinho vai acordar e pensar, poxa, mais um sortudo se deu bem. Se eu estivesse lá, podia ter faturado essa. É capaz de ele descer aqui e pedir uma cerveja só para espantar a raiva.

Leda está empolgada, tem certeza que em pouco tempo o sonho será verdade e conta mais.

Mulher de intuição, Carmen, a minha sócia, comprou três panelas novas e contratou mais dois ajudantes. Peixoto entrou no clima e convocou o Almeida, primo da mulher dele, para ajudar no balcão.

Uma família de Mauá tinha ido fazer compras na 25 de março e já que estava em São Paulo, quis conhecer o Boêmio. Um grupo de amigos de Carapicuíba veio de trem pra ver se era sorteado. O bar nunca ficou tão cheio.

— Viu que sucesso? Vamos fazer um sorteio por semana? A gente deixa de faturar uma mesa, mas o movimento compensa. Valdir palpitava orgulhoso, coçando o bigode grisalho.

Naquela mesma noite, um cliente, de olhos vendados, tirou do saco de pano o número 9. Na mesa sorteada, quatro mulheres e dois homens tinham se esbaldado com moela, rabada e dúzias de pastéis. Comilança regada com os drinques do Peixoto e sete cervejas. A conta de 414 reais ficou para a casa.

Um post nas Redes Sociais com a foto do Boêmio e um vídeo com o sino badalando nove vezes valeram dezenas de milhares de curtidas. A consagração veio com uma reportagem no telejornal da noite. "Boêmio, o boteco que encanta a multidão com boca livre e badaladas". De repente, viramos manchete na TV e notícia comentada na internet.

— Pera aí, tudo isso acontecendo no sonho?

— Falei que era longo.

O movimento cresceu mesmo e o sorteio, que já tinha deixado de ser mensal, também não seria mais semanal e sim diário. A fila dos motoristas de aplicativo se espichou na porta e o marronzinho da CET apareceu às uma e quinze da madrugada.

A freguesia brota do asfalto e o dinheiro entra como nunca. Já o cansaço é tanto que decidimos dar férias coletivas de 30 dias e esticamos uma faixa na porta: mês que vem a Boca Livre mais badalada da balada estará de volta.

Um bar em que a atração é a chance de comer e beber de graça é mesmo uma ideia única. Pergunto a Leda se posso contar essa no livro.

— Claro, a gente é ligeira. Antes da editora publicar suas crônicas, o Boêmio já será um sucesso. Como eu gosto de dizer, num tem pobrema, não.

MADRINHAS

— Como ele é?

— Sou suspeita. Acho lindo e fofo.

— Fala mais.

— Ah, ele é inteligente, gosta de ler, vê séries, mas não abandona o cinema, e é divertido. Vê graça nas coisas, sabe? Brinca com as pessoas. Meus amigos dizem: seu pai nem parece que tem 57 anos.

— Adorei. Minha mãe diz que nessa fase da vida não quer saber se o homem é bonito, se usa roupa descolada ou tem bom emprego. O que importa é ser legal, alegre. Sabe um cara que topa tudo? O último namorado dela ganhava bem, era gato e jogava tênis, só que gargalhava quando era pra ficar sério e na hora da piada ria com cinco minutos de atraso. Também não entendia o final dos filmes e falava de boca cheia.

— Aí é grave. Bem, não sei se pra sua mãe é problema, meu pai tá ficando careca. É baixinho, tem menos de 1,70. Não é gordo nem magro.

— Minha mãe também é baixinha e elegante. Bailarina, tá tudo no lugar.

— Ele caminha, pedala, vai à praia.

— Mesmo? Minha mãe também.

— Ah, faz terapia e separa o lixo para a coleta seletiva.

— Minha mãe também, conseguiu até aumentar a quantidade do material reciclável no prédio e é vegana.

— Só tem um problema, meu pai tá casado.

— Ah, você fala tudo isso e ele tá comprometido?

— Relaxa, eles vão se separar. Há quase um ano que ele decidiu, mas ainda não teve coragem. Meu pai tá infeliz e a mulher dele também.

**

— Miga?

— Oiê!

— Vamos já abrir um litrão?

— Demorou.

— Dudu, a mais gelada que tiver e uma porção de batata frita.

— Agora.

— Miga, por que você tá tão animada?

— Adivinha?

— Sou péssima de adivinhação.

— Eles terminaram.

— Uau, será que já dá para minha mãe conhecer seu pai?

— Ainda não, ele tá triste.

— Bem, o primeiro passo é um saber que o outro existe.

— E isso é com a gente, vamos com sutileza. Quando eles perceberem já vão estar quase íntimos.

— Combinado.

— Dudu, mais uma e a conta.

**

— Miga, nesse mês que passou, senti que meu pai tá menos abatido. Daí perguntei pra ele: lembra da Maysa, minha amiga da faculdade? Ele disse que sim. Então, emendei: pai, tenho conversado muito com a mãe dela. Que, aliás, nem parece mãe de adulto. E não é só porque está em boa forma, é porque é muito antenada, tem a cabeça excelente.

— Larissa, você começou bem.

— É, eu tenho que ir despertando o interesse sem dizer, já de cara, que sua mãe tá querendo namorar.

— Sei, tipo a gata subiu no telhado.

— Isso e vai subir com classe, sem pressa. Falei assim: pai, a mãe da Maysa estuda Medicina Tradicional Chinesa e nas férias foi a Pequim e Xangai pela segunda vez. Ele abaixou o jornal na hora.

— E aí?

— Aí, eu pisei no acelerador. Na volta da viagem, pai, ela começou a escrever um livro. É o sétimo. São dois romances e os outros ligados ao trabalho: Técnicas de Massagem, Fitoterapia, Acupuntura e outros. De novo, ele me olhou sério e aí abandonou de vez o jornal.

— Que interessante.

— Eu aproveitei. É, pai. Ela só não fez mais por falta de tempo. Ele me encarou querendo saber outros detalhes.

— Larissa, nem eu ia fazer uma propaganda tão boa da minha mãe.

— Daí eu botei as mãos nos ombros dele e mandei: pai, a Rosa não é aquela mulher cheia de verdades, papo cabeça, não. Não é aquela pessoa que fica te analisando, querendo saber se você tem dinheiro, onde mora ou falando só dela, se exibindo, sabe?

— Fantástico, Larissa.

— Ainda disse assim. Pai, a Rosa é engraçada, supernatural. Ontem, fui à casa dela visitar a Maysa, que é minha amiga e filha dela, e acabamos tomando uma garrafa de vinho. Olha a coincidência: vinho tinto com risoto, do jeito que você ama. A Rosa tem assinatura de uma importadora de vinhos e preparou um risoto delicioso. Lembrei de você, papi.

— Uau, amiga.

— E você Maysa, conversou com a sua mãe?

— Sim. Falei do Sílvio pra ela. Disse do jeito que você sugeriu. Jornalista, ligado no meio ambiente, interessado em política, gosta de cinema, de ler, é divertido e não fica vendo futebol sábado e domingo, muito menos Fórmula Um ou aquelas lutas. Falei também que ele é um pai muito próximo dos filhos, carinhoso com você e seu irmão. Isso conta.

— Disse que ele se separou agora?

— Sim, mas — como diz o meu chefe — tratei de embrulhar pra presente. Disse assim: mãe, olha que cara sensível. A Larissa contou que o pai dela, o Sílvio, tá um tanto triste, caladão, até emagreceu, porque se separou há dois meses. Poxa, tem cara que no dia seguinte já tá no mercado, nas Redes. Ela riu e disse pra mim. Filha, só acredito vendo, eu conheço os homens. Aproveitei e mostrei a foto do seu pai no Face. Ela repetiu: só acredito vendo.

— Bem, esse "só acredito vendo" é a senha, né?

— Sim. Pensei de a gente marcar um encontro dos dois. Vamos tentar?

— Uhu.

— Vou ao banheiro. Pede a saideira?

— Dudu

**

— Já conversou com ele?

— Não, não deu tempo.

— Ainda bem, porque minha irmã ganhou dois ingressos pro show da Zélia Duncan. Contei do nosso plano e ela me disse que abre mão dos ingressos pro seu pai ir com a nossa mãe.

— Genial

**

— Dudu, duas caipirinhas, a minha sem açúcar.

— O que foi Larissa, tá de regime?

— Não miga, tô é puta da vida. Meu pai disse que não vai a um show com uma pessoa que ele nunca viu na vida. Ficou irritado, falou que não tem cabimento, que ele ficará constrangido e que vai ser ruim pra ela também. Disse que agradece, mas que não precisa de Cupido. Só faltou me dizer: filha, deixa que os meus problemas eu resolvo. Puta que pariu, baita trabalho pra nada.

— Calma, o show é daqui a dez dias. Em dez dias, a gente faz muita coisa. Dá para conhecer, namorar, brigar e fazer as pazes (risos). Sílvio e Rosa ainda não conversaram. Ainda, entendeu?

— Mas se ele não quer...

— Seu pai se assustou. Vamos marcar uma saída nós quatro, o clima fica mais leve com a gente na mesa. Você fala assim: pai, vamos comer uma pizza? Vou convidar também a Maysa e a Rosa. Todo mundo se conhece, a gente troca ideias. Se vocês toparem vão ao show no fim de semana ou então ficam só na conversa. Sem compromisso, pai! Larissa, você olha bem no olho dele e pergunta: faz isso pela sua filha?

— Arrasou.

**

— Dudu amado, por favor, duas caipirinhas com açúcar e um frango a passarinho.

— Pelo jeito, vem coisa boa.

— Obrigado, Dudu. Miga, vamos brindar, meu pai topou o nosso encontro para ele conhecer você e sua mãe.

— Ela também. Saúde e Sorte.

— Terça, às nove da noite, naquele bar?

— Combinado.

**

— Acordou cedo, hein?

— Pois é, tô tão contente, nem quis esperar pra gente se ver no boteco do Dudu.

— Nem me conta, minha mãe falou do seu pai o tempo todo, até a hora de dormir. Ela se encantou com o sorriso, com o jeito que ele fala com você e reparou até na forma que ele serviu o vinho para nós três e no jeito que pediu ao garçom para deixar a pizza no forno. Minha mãe saca tudo. Inclusive o tênis vermelho do Sílvio ela percebeu. Tava desamarrado, ela observou.

— Ele achou a Rosa bonita, simpática. Gostou da conversa e sacou a tatuagem no ombro.

— Minha mãe também curtiu que ele aceitou dividir a conta.

— Ele até pagaria, mas viu que a Rosa queria rachar a despesa e concordou.

— Você viu que os dois combinaram de ir ao show?

— Sim. Eles falaram no final, achando que eu não ouvia. Muito fofos.

**

— Se você não der certo na Acupuntura e eu na Veterinária, a gente pode criar um aplicativo de encontros, né?

— Também acho. Parece que rolou, né?

— Siiiim, deu muito certo. Apesar de ele estar nervoso.

— Minha mãe também, ela chegou atrasada e quase bateu o carro no estacionamento.

— Mas isso ele não viu. O problema é que meu pai estava tão tenso que chamou sua mãe de Marcia. Daí ela disse com toda calma: meu nome é Rosa.

— E aí?

— Ele ficou sem graça e na hora que a Zélia Duncan anunciou o intervalo ele falou: você fica muito bem de azul. Só que o vestido era preto.

— Hahaha

— Ele me contou então que tentou consertar, pediu desculpas e disse que adora azul. E ela – sua mãe é maravilhosa – respondeu que ver a cor preferida nela era um elogio.

— Ele contou mais?

— Não, tinha que trabalhar e prometeu que fala depois. Estava alegre como há muito tempo eu não via e me agradeceu com beijo e abraço.

— Minha mãe tomou café comigo e abriu o jogo.

— Pelamordideus, conta.

— Depois do show, eles foram a um bar, conversaram e ele pegou na mão dela, mas não teve beijo. Mão macia, quente, lisa. Ela ofereceu carona, ele aceitou e na porta do prédio convidou para um café.

— E aí?

— Ela aceitou e subiu. Sabe qual foi a surpresa?

— Nããão.

— O Sílvio fez o café.

— Hã.

— E tomou o café. Não era licor, não era champanhe. Era café mesmo, acredita?

— Depois?

— Ele guardou o café num pote de plástico e deixou cair metade no chão. Ficou procurando a vassoura, não achou e sua mãe ajudou com o rodo.

— Que figura.

— Daí rolou e parece que foi bom. Hoje vão sair de novo.

— Fazer o quê?

— Teu pai convidou minha mãe para outro show, do Odair José. Não é o tipo de música que ela curte. Mas ele disse que Odair é romântico e popular, não tem nada de brega. Daí ela me contou que vai, achou divertido, além disso, é um jeito de saber um pouco mais do Sílvio. Só tem uma dúvida.

— O quê?

— Preto ou azul?

LANTERNINHA

— Filé-mignon ao ponto para mais com batata assada é bem diferente de filé-mignon ao ponto para mais com batata dourada!

— Pô, não é verdade. Os dois pratos são quase iguais e estão grudados no cardápio. O garoto apontou o da batata dourada e a mãe falou assada.

— Não é a primeira vez que isso acontece, Jamile.

— Não tive culpa, salão lotado, oito mesas ao mesmo tempo. Nem um minuto pro xixi a gente consegue, cara.

— Não sou cara, sou o gerente.

— Foi mal.

Diego bota os óculos acima da testa e continua, agora num volume mais baixo.

— Isso não é só com você. O trabalho aqui é igual pra todos.

— Pior ainda, estão errando com todos, véio.

— Não sou véio, sou o gerente.

— ...

O diálogo, quase bronca, é na cozinha do restaurante.

Os funcionários são proibidos de comer as refeições servidas aos clientes, e a garçonete, que almoçou às onze, está na pausa do lanche das dezesseis. Engole de pé a limonada sem gelo com adoçante e um pão frio de hambúrguer com manteiga e um pouco de ketchup.

Agora, com os óculos na ponta do nariz e os olhos na tela do celular, Diego adverte com a empáfia das pequenas autoridades.

— Jamile, presta atenção. A família é amiga do dono do restaurante. Eles devolveram o filé, tivemos que fazer outro e os noventa e cinco reais vão ser descontados de você.

A garçonete se levanta ao saber que mais do que toda a caixinha do dia será devolvida e reage.

— Noventa e cinco é o valor no cardápio. Já que vou ter de pagar, use o preço de custo.

— É a regra.

— Regra? Com esse dinheiro você compra dois quilos de carne. Isso não é regra, isso é roubo.

— Tá se sentindo roubada? Chama a polícia.

— E você chama outra garçonete.

— Não, não, não pera aí, ainda estamos no horário do almoço.

— Então, bom apetite. Aliás, pede um filé. Fui.

O emprego por uma batata. Uma porra de uma batata dourada.

Jamile não dormiu. Relembrou as cenas daquele maldito domingo: depois do pedido, quando se virou para cruzar a distância de oito metros até a cozinha, outro cliente perguntou do wi-fi, uma criança passou correndo, a mulher da mesa três quis saber se o restaurante possuía um carregador de IPhone 7 e um cliente, que esperava mesa digitando o celular com fones no ouvido, bloqueava a passagem no meio do salão. Aqueles poucos metros viraram uma travessia cheia de armadilhas e ela, com o peso de duas bandejas e copos e pratos equilibrados, não lembrava mais. Assada ou dourada? No forno ou na frigideira?

Quando chegou ao passa-pratos, encomendou, mesmo sem ter certeza e com cinquenta por cento de chances de errar.

— Dionísio, solta um filé para mais com batata dourada. Mesa 2.

Isso mesmo, desempregada por uma batata.

Dois dias depois, pão de queijo quentinho e café expresso. Tudo na faixa.

— Aqui no Centro Cultural, o salário é mais ou menos, mas não tem desconto, o lanche é ótimo e de graça, a turma é divertida e o gerente não dá as caras.

O trabalho oferecido pela coordenadora do Centro era no cinema e Jamile aceitou na hora. Antes das sessões vendia os ingressos. Durante a exibição, entrava na sala para ver se tudo corria bem, e logo no primeiro dia ganhou uma mini lanterna.

A partir daí, passou a ser a funcionária que a qualquer necessidade acendia o facho de luz e ajudava o espectador a entrar, sair, achar a poltrona. Uma profissão antiga, que já não se vê nas salas de cinema, mas que ali persistia.

Naquela quarta-feira, Jamile trabalhava e assistia a um clássico do cinema japonês, obra de Kurosawa.

Os primeiros dez minutos foram paralisantes, até um som invadir a sessão. Um trinado forte, que incomodou a sala inteira.

Entre o segundo e o terceiro toques, a lanterninha entrou em ação.

Na segunda fileira, encontrou duas mãos nervosas remexendo a bolsa em busca do escandaloso telefone. A algazarra ganhava volume.

— Desliga essa merda.

— Além de surdo é cego?

Um desafio para Jamile, que iluminou o interior da bolsa e controlou o nervosismo.

— Por favor, eu ajudo a senhora. Sou funcionária do cinema.

— Ah, obrigada.

Uma bolsa pequena. Profunda e abarrotada. Sobre o forro dourado de cetim, batom, lixa de unha, um chaveiro com um dragão vermelho.

O toque, que misturava acordes de música eletrônica e despertador, seguia enlouquecendo o público.

— Pelamordedeus.

— Se não para o telefone, para o filme.

Quinto ou sexto toque, Jamile tateava um estojo de maquiagem. Viu também uma agenda com a capa de couro, um pacote aberto de caramelos, moedas. Até que numa divisão lateral, fechada com zíper, o brilho do aparelho deu fim ao mistério. A dona da bolsa pegou o celular barulhento, mas para surpresa de muitos e desespero de quase todos, não desligou. Apenas sussurrou: "um momento", e se dirigindo à lanterninha:

— Perdão, não posso deixar de atender.

— Tudo bem, eu levo a senhora lá fora.

— Desculpe, desculpe, não sei o que dizer.

— Não precisa dizer nada.

A senhora segurou a mão de Jamile e se levantou.

A luz de uma cena revelou cabelos brancos bem penteados, olhos vivos e um casaco florido, de lã felpuda, desses bem quentinhos, indispensáveis em salas geladas pelo ar condicionado. O brilho avermelhado pendurado nas orelhas e o batom indicavam que a dona do celular tinha se preparado para a sessão das seis.

As duas caminharam sob a artilharia de olhares e muxoxos.

Só então, já lá fora:

— Um momento, filho.

Trêmula, enquanto tapava o telefone, ela segredou:

— Não posso desligar, é o meu filho! Ele quer saber onde estou.

— Vou pegar um copo d'água pra senhora.

Dona Helena, 82 anos, viúva, filha de japoneses, terminou o telefonema prometendo ao filho um pudim de claras. E explicou à Jamile, já quase uma confidente.

— Sabe, querida, ele fica preocupado, a gente não pode deixar o filho esperando. Fiz tudo errado, devia ter avisado.

— Não precisa se justificar, tá tudo certo. E eu acho que a senhora fez bem em vir ao cinema.

— Você foi um anjo, mas eu vou embora, não posso voltar lá para a sala depois de ter atrapalhado o lazer de tantas pessoas. Que vexame.

Jamile sentou ao lado de Dona Helena e abriu o sorriso. Um sorriso potente. Pegou as mãozinhas geladas, apertou de leve e disse com segurança:

— De jeito nenhum, dona Helena. Eu sou a responsável pela sala e ninguém vai constrangê-la. A senhora pagou o ingresso e tem direito.

Dona Helena estava da cor do brinco, tamanha era a vergonha, olhava pro chão e puxava o casaco felpudo para baixo. Era bege, bem peludo e com flores coloridas, numa bonita combinação. Jamile percebeu os punhos dobrados, já que as mangas eram mais compridas que os braços da dona. A vontade de Jamile era acolhê-la num abraço apertado, mas se conteve, insistiu no filme e até apelou para uma mentira. Na verdade, duas.

— Dona Helena, ontem mesmo dois celulares tocaram na mesma sessão. E mais: esse é um dos destaques da mostra e a senhora está perdendo cenas importantes.

A vontade de atender a moça de 23 anos, que afinal podia ser sua neta ou bisneta, foi mais forte. A senhora voltou à poltrona cinco da fila B e a lanterninha ficou por ali ainda mais alerta. Vai que o chato liga de novo?

O público aplaudiu no final e dona Helena enxugou os olhos com um lenço bordado.

Quando o último crédito desapareceu na tela, somente Jamile e Helena permaneciam ali.

— Sabe, eu já tava ligada na senhora antes do filme começar.

— Não diga.

— Seu casaco me chamou a atenção. Adorei essas flores vermelhas e amarelas. A senhora fica muito elegante com ele.

Depois de tanta tensão, um elogio daquela menina linda de tatuagens coloridas. Dona Helena agradeceu com um beijo e, enfim, ganhou o abraço.

Jamile fechou o caixa da bilheteria e na saída, a surpresa:

Dona Helena, com os braços de fora, esperava por ela na calçada.

— Minha querida, ele é seu!

— Nãaao...

— O casaco vai ficar mais lindo em você que em mim. Por favor, aceite e eu já vou, antes que meu filho ligue de novo.

— Ah, dona Helena. Muito, muito obrigado.

Lá foi a florida Jamile em direção ao metrô. Suada e feliz. Os termômetros marcavam 30 graus naquela noite de verão.

NANDO, JESSE, ELY E CIA.

Sobrava tempo e faltava coragem ao adolescente de canelas finas, o Jessé. O garoto bom de batuque e de gogó queria se aproximar do ídolo, mas como? E se conseguisse, diria o quê, como se apresentaria?

O fã acompanhava bem de perto a vida do cantor, por sorte, morador do mesmo bairro. Jessé sabia tudo dele, conhecia a família, o local onde trabalhava, o time de futebol. E o mais importante: o ídolo era da Portela. Bem explicado, reforçava o menino: seu Hildimar não era apenas um portelense, mas sambista e integrante de destaque da Escola de Osvaldo Cruz. Em outras palavras, titular absoluto da Campeã das Campeãs.

Naquela tarde, Jessé viu seu Hildimar, de chapéu, calças e sapatos brancos, já entrando no ônibus que ia de Del Castilho para o centro do Rio. Até hoje ele não sabe de onde veio a coragem, tampouco a velocidade. Jessé correu, quase voou e pousou lá dentro, antes do motorista engatar a primeira.

Sentou ao lado de Hildmar e – finalmente – destravou a língua, controlando ao mesmo tempo a taquicardia e a bexiga.

— Seu Hildimar, o senhor não me conhece. Sou o Jessé.

— Muito prazer, meu filho.

— Há tempos quero lhe mostrar um samba, posso?

— Claro, leva aí.

Eram os versos de sua primeira música, que ainda nem estava pronta, mas já tinha refrão. Jessé esqueceu que estava cercado de outros passageiros e soltou a voz. Não desafinou, lembrou dos poucos versos, mesmo assim o medo de uma reação negativa do ídolo era tão grande, que o jovem desceu 3 pontos após ter entrado. Nem se despediu e, ainda nervoso, voltou correndo para casa.

Hildimar não pôde elogiar e bateu a vontade de saber mais do fã-cantor.

Em casa, suado de calor e emoção, Jessé sofria com a incerteza, será que tinha agradado?

Quase chegando ao trabalho, no centro da cidade, o veterano ria sozinho da ousadia do aprendiz.

Aquele foi o primeiro de muitos encontros. Não é exagero dizer que Jessé quase controlava a agenda de Hildimar, sabia a hora em que ia ao trabalho e também quando o destino era a Portela ou o encontro com os amigos no boteco preferido de Del Castilho.

Jessé não perdia a chance, puxava conversa e Hildimar se encantava com o jovem portelense.

Fã e ídolo se encontraram mais, se viram mais, cantaram mais. Na rua ou no sacolejo do ônibus, os dois, já quase amigos, embalavam samba-canção, pagode, seresta.

O veterano deu as dicas, apresentou os parceiros e levou o pupilo à quadra da Azul e Branco. Os trinta carnavais de diferença nunca afastaram padrinho e afilhado. Aos 70, Hildimar que já vivia há décadas com Olinda, casou na quadra da Portela. E o padrinho foi Jessé. Agora, sim, compadres.

Hildimar é Monarco, que alguns chamam de Monarca do Samba. É um dos parceiros prediletos de Paulinho da Viola e líder da Velha Guarda da Portela.

Jessé é Zeca, o Zeca Pagodinho.

Quando podem cantam juntos e interpretam com graça suprema o clássico Quitandeiro. É samba que canta a macarronada suculenta num morro carioca, com o tempero que eles tanto apreciam.

Quitandeiro, leva cheiro e tomate

À casa do Chocolate, que hoje vai ter macarrão

Prepara a barriga macacada, que a boia tá enfezada

E o pagode fica bom...

**

Nando também não tinha valentia para falar. Então escreveu:

Mario, leio tudo que tu assinas, gosto das traquinagens, das brasileirices, queria saber mais de ti. Aprender um pouco dos macetes. Sei que andas ocupado, mas te acalmes, não tenho pressa, só peço que leias. Leias e se não quiser, nem precisa responder. Mas, por favor, leia. Nem que seja só o início, leia.

Mario não leu, guardou o livro no fundo da gaveta, até que numa faxina reencontrou *Os Grilos Não Cantam Mais*. Viu não um grande livro, mas um escritor com humor e tesão. Leu alguns dos contos e deu uma chance ao aspirante que escrevia lá de Minas Gerais.

Sem medo da verdade, Mário respondeu mais ou menos assim.

Desculpe a demora, como você disse, ando mesmo ocupado. Digo então: se tem de 30 a 35, não insista, não vai longe. Dedique-se a uma profissão, tem muito concurso por aí. Já se está rodeando os vinte anos, de vinte a vinte e cinco, como imagino, lhe garanto que seu caso é bem interessante, que você promete muito. E o livro, nesse caso, é bom.

O melhor nem foram os elogios, Nando vibrou muito mesmo porque tinha apenas 17 anos. Depois de outras mensagens, juntou as economias, viajou para São Paulo e conheceu o ídolo num boteco da São João.

Dois apaixonados pelas palavras que se viram pouco e se escreveram muito. Entre 1942 e 1945 foram cartas e mais cartas, tantas que viraram livro.

Trinta anos de diferença, podiam ser pai e filho, mas viraram irmãos mais velho e caçula, ou simplesmente, amigos.

À mão ou à máquina, histórias de vida e arte; conselhos, segredos, pedidos de ajuda, palpites no texto. Os envelopes bem fechados e selados viajavam entre a Barra Funda, do Mário, e a praça da Liberdade, do Fernando. Os finais merecem releitura.

— Fico por aqui. Estou com dor na mão

— O papel está acabando e são quase cinco da manhã.

— Não zangue com essa carta. Eu não tenho medo das palavras e já te quero muito bem.

— Dezenove anos... que coisa fantástica ter dezenove anos!

— O espírito mineiro já nasce maduro, faz com que a gente aos dezenove anos às vezes se sinta um velho. Você é que parece ter 19 anos.

— Vou interromper. Me avisam que o banho está pronto.

— Um abraço, querido. E não esqueça beba mais leite. Deus te dê muita saúde e, caso contrário, dinheiro para pagar o médico.

— Escrever, não, mas receber carta é uma gostosura quando a gente está imobilizado numa cama. Vale mais que as visitas dos amigos, principalmente porque as cartas não fumam e não empestam o quarto do enferminho.

O ponto final na correspondência surgiu apenas com a morte daquele que já era chamado por alguns jornais do Papa do Modernismo.

Nando? Fernando Sabino.

Mario? Mario de Andrade.

**

Elí começou a cantar na Boi Passado em troca de fraldinha. Em pouco tempo pediu picanha. Depois exigiu cerveja, sobremesa e o cachê.

A Churrascaria lotava. Caminhoneiros, frentistas e as moças da beira de estrada. Todos se espalhavam pelas cadeiras vermelhas de plástico para conhecer a voz que cantava Alcione, Amado Batista e Roberto Carlos.

Um dia o cantor emudeceu bem na hora de "O Portão", preciosidade romântica de Roberto e Erasmo. A razão do tropeço tinha nome e história. Ali, na fila do gargarejo, mastigando polenta, um dos cantores mais populares e talentosos do Brasil. O mito já tinha ouvido falar de Elí, a Estrela da Churrascaria, e quis ver de perto.

A história, contada aqui e aumentada ali, até hoje sobrevive. Depois do bis, Ron, esse era o apelido do artista consagrado, elogia a voz e o jeito de Elí. Dá ainda um beijo na testa do pupilo e revela que ele também cantou por comida, no início da carreira. Os dois começam uma amizade.

Elí nunca se afasta do ídolo. Louco de amor e admiração, vê o padrinho nos programas de auditório e sonhava com a sua vez de brilhar.

Ron troca de gravadora, viaja pelo mundo, ganha até música de Chico Buarque. É cada vez mais respeitado pela potência da voz, versatilidade, carisma. Pra muitos, o melhor do Brasil.

Elí não se livra do cheiro de carvão e gordura. Mas insiste. Quer seguir os passos de Ron e só a ele admite contar o grande segredo, um projeto mirabolante: que tal se empenhasse o carro velho e o apartamento modesto, e com o dinheiro reservasse o Canecão – a maior casa de espetáculos da época – para uma apresentação particular? Só ele e os convidados? Chamaria a turma da estrada, mas também jornalistas, um produtor do Raul Gil, outro do Chacrinha. Seria um jeito de virar notícia e tentar se livrar do preconceito de cantor de churrascaria. Ron respondeu em duas palavras: conta comigo!

Numa terça-feira de 1985, duas mil pessoas lotaram o Canecão e muitas outras não puderam entrar. Mais do que o dinheiro investido de volta, Elí conquistou fama e curiosidade. Quem era esse homem que reservava o Canecão para realizar uma fantasia? Diante do frenesi, o dono da casa de shows programou nova apresentação, dessa vez com cachê.

Elí, virou Elymar Santos e terminou o show histórico cantando Conceição junto com Ron, ou melhor, Cauby Peixoto.

No dia seguinte, o Jornal Hoje apresentou uma reportagem contando quem era Elymar e a apresentadora Leda Nagle encerrou a edição com uma frase: Elymar, o audaz.

Bem que Fernando, o sabido, repetia:

No fim tudo dá certo, se não deu certo é porque ainda não chegou ao fim.

2.
A GENTE DA VILA BUARQUE

PASSARELA

A coxinha de jaca repousa na vitrine do Boteco do Gois com a distinção de ser a mais saborosa do Brasil. Tamanho GG, 7 reais, o quitute vegano acalma angustiados estômagos e é devorado às dúzias. Nas mesas que invadem a rua das Palmeiras, serve-se também a feijoada vegetariana e as panquecas de soja. O mesmo cardápio anuncia frango assado, picanha fatiada e bisteca de porco em parrudos PFs. Na Vila Buarque mata-se a fome sem olhar o prato do vizinho.

Vizinhos. Eles são muitos nessa parte da cidade. Em 500 metros, a rua das Palmeiras liga um Marechal, o Deodoro, que dá nome à praça; a uma Santa, a Cecília, que batiza uma igreja e o largo. Ele, militar linha dura e proclamador da República; ela, padroeira dos músicos. Extremos em seus extremos.

Os prédios, todos de muitos apartamentos, despejam a multidão por elevadores e garagens. É nesse horário, sete e pouco da matina, que das calçadas se levantam os mendigos.

Mesmo abandonada, essa população enxerga ali uma rede de apoio com igrejas, ONGS e voluntários. Ganha-se comida, roupa e um respiro até o dia seguinte. Raquíticos, imploram moedas. O não é a resposta de quase sempre. Elegantes, raras vezes irônicos, respondem em voz baixa, "que Deus lhe dê em dobro".

A miséria da Sampa sem disfarce se envolve no vai e vem ruidoso do comércio miúdo. Farmácias, bancas de jornal, duas autoescolas, lotéricas, chaveiros, curso de inglês, cartório; e ainda uma infinidade de botecos, clínicas, brechós, uma faculdade. Tudo popular, de olho em quem tem pouco para gastar.

A Palmeiras não cochila. Do começo ao fim do dia, quatro supermercados, espremidos em uma quadra, vendem toneladas de comida e atraem moradores de outros bairros. Madames de bolsas de couro, vestidos longos e maquiadas esvaziam carrinhos lotados em seus carrões blindados. Aceleram incomodadas com a aproximação do flanelinha.

Chega o fim da semana e para quem espera sossego no domingo, melhor chamar o caminhão de mudança. Este é o dia da feira e não é uma feira qualquer. Enorme, com centenas de barracas espalhadas em mais de quilômetro, atrai não só a freguesia. Surgem os consertadores de panela, amoladores de faca, mercadores de bugigangas; Dona Isaura vende bolo de cenoura, a família Xavier traz bijuterias de Embu das Artes. O equatoriano Leopoldo exibe o artesanato indígena de Otavalo. É a feira da feira.

Pelas quatro da tarde, a espuma branca cobre o asfalto. É faxina completa que já vem segunda-feira. Ainda assim, ouço "trinta ovos a dez reais, é direto da granja", como o eco distante de um refrão que reverbera enquanto encaro nomes já conhecidos. Ponto Íntimo é endereço de calcinhas: Quase Tudo, de ferragens e material de construção; Hotel Éden, 35 reais a diária, atende, com discrição e conforto, de caixeiro viajante a casais com a pressa da paixão.

Vizinhos que rezam a mesma cartilha. Em frente à igreja Evangélica Mundial, ao lado de uma banca especializada em livros Espíritas, está a loja do Vavá e seus coloridos artigos de Umbanda: cabeça de cera, vela de 7 dias, defumador.

Na cobertura do estacionamento 24 horas joga-se tênis na quadra de grama sintética. Espaço, ou a falta dele, nunca foi problema na Palmeiras onde toldos e vitrines homenageiam os próprios donos. O sebo do Chiquinho é colado ao Miguel dos Colchões, a poucos passos do bar da Bete.

Neste, o Bar da Bete, a porta de ferro descansa cerrada até às dez da noite, de segunda a domingo. É quando chegam garçons de outros bares, prostitutas, policiais de folga, plantonistas da Santa Casa, solitários. Não faltam cerveja, karaokê, batata frita e — ninguém duvida — felicidade. Às sete da manhã de uma terça-feira ensolarada, bebe-se e canta-se como na alvorada de carnaval.

Na outra calçada, a saideira de um gigante de cimento. O Hotel Lord Palace despontou na década de 1950, na esquina com a Rua Helvétia. O cinco estrelas logo se tornou o endereço preferido, adivinha de que time? Do Palmeiras. A academia de Luiz Chevrolet e Ademir da Guia desfilava pelo piso de mármore e suítes luxuosas. Partia dali para os clássicos no vizinho Pacaembu.

Para os mortais que desejavam o requinte do Lord, a solução era reservar com pagamento adiantado. TV e Rádio Globo, também na região, garantiam as suítes presidenciais para seus convidados dos programas de auditório.

Falido e abandonado, o hotel, agora reformado, será moradia popular. Palácio de quem não tem onde viver.

Tem história, tem vida, tem emoção em cada metro da rua em que passei a morar por acaso.

O que não tem são palmeiras. Contei e recontei: apenas cinco.

Uma de tronco grosso, talvez imperial, é a minha preferida. Dizem que passa dos 40 metros e vive mais de século. Suspeito que estica um pouco a cada dia.

Em breve, em vez de cinco, serão seis. Não, a prefeitura não irá plantar nada nessa rua com nome de árvore. Eu mesmo é que vou me dar de presente um pé da pequetita palmeira Areca. A espécie não passa de metro e meio, tem pouca sede e ganhará o pedaço mais iluminado da casa, aconchegada num vaso de barro.

Anote aí, Palmeiras 288, o endereço da nova moradora da Vila Buarque.

Uma rua de poucos muros e grades. Uma rua que se sonha livre, como a feira e a multidão de toda hora.

PIAUÍ, LOGO ALI

Numa minúscula partícula do Brasil, Piauí quer dizer riqueza, fartura, opulência. Paga-se bem e à vista pelo metro quadrado de muitos zeros. Nesse Piauí, restrito e abundante, o IDH é magnífico: renda per capita mais farta que a de Nova York, Paris ou Londres, segurança que permite empinar o nariz diante dos índices de Tóquio ou Berlim e a expectativa de vida, essa é escandinava, ultrapassa os 80.

É terra coberta de sombra e brisa, com calçadas lisas, limpas, feitas para bater perna. Os prédios de jardins e janelões abrigam apartamentos onde, sem exagero, pode-se andar de bicicleta na sala de estar.

A geografia é outra neste nordeste sem frevo e sem rapadura. Pouquíssimos "piauienses" daqui pisaram em Teresina ou Piripiri. Nas bandas de cá, esse Piauí é afluente de águas mansas que desemboca no Rio de Janeiro. É, está mais perto dos cariocas que dos cearenses; quase abraça o distante Sergipe sem nem relar na Bahia.

Este Piauí é parte do bairro paulistano de Higienópolis, que homenageia capitais e estados com nomes de rua e avenidas. Maranhão, Goiás, Alagoas, também Pará, Mato Grosso, Minas Gerais; e ainda Maceió, Aracaju. Todos se esbarram pelas esquinas.

Há algumas décadas, os mil e duzentos metros da Piauí, do sossego de Higienópolis ao vai e vem da Consolação, eram território de mansões.

Hoje, restam três. Uma é tão protegida que só enxergamos o portão de ferro preto, outra parece abandonada, já a terceira vive escancarada para quem quiser olhar.

É alta, avarandada, um palacete.

A gente do bairro passa e – mesmo com pressa – observa o que não se vê mais na cidade. Casa com alpendre, solário, porão, vitrais e piso de mármore. Janela do tamanho de porta e porta que é portão com largura para passar boi e boiada.

O casarão de esquina se espalha pelas duas ruas, Piauí e Itacolomi. O jardim é bosque e pomar. Tem flamboyant, pau-ferro, palmeira; e também goiabeira, pé de milho e abacateiros. Estes, na época da safra, despejam seus frutos que se espatifam como mísseis na terra batida.

Moradores antigos contam que o endereço foi residência do ex-presidente Rodrigues Alves, num período em que os endinheirados começavam a descobrir a região vizinha à Vila Buarque. Dá para imaginar nos cômodos espaçosos sofás de couro, móveis de jacarandá, piso encerado e paredes cobertas de quadros em harmonia com esculturas de bronze.

Décadas depois, mudaram a estética e os moradores. Turma estranha, de hábitos esquisitos. Um, que veio do sul da Itália, jurava por Nossa Senhora da Achiropitta, que fazia fortuna vendendo pizza, mas descobriram que o carcamano distribuía outro tipo de farinha.

Um espanhol, dono de hotéis, chamava atenção por outro motivo, os negócios cada vez piores e ele esbanjando com carros, mulheres, bebida. A ostentação serviu de fio da meada para revelar que com a rede de hotéis, o galego lavava o dinheiro sujo da venda de drogas e armas.

Nigerianos e colombianos também chegavam aos montes à Rua Piauí com as mãos para trás e os olhos arrependidos.

Isso mesmo, o casarão histórico tinha virado carceragem da Polícia Federal. No porão escuro e fedorento se amontoavam mafiosos, traficantes, matadores. Homens perigosos que no sufoco do cárcere subterrâneo chamavam os tiras de "dotô" e juravam inocência.

A cadeia da Piauí trancafiou ainda um típico gatuno brasileiro já com a roubalheira no nome. O Lalau. O juiz Nicolau dos Santos Neto. O meritíssimo, de colarinho branco bem engomado e gravata de seda, roubou com a ajuda de um senador mais de 200 milhões de reais do fórum trabalhista que ele mesmo mandou levantar.

Foragido durante sete meses, se entregou numa estrada perto de Bagé. Dos pampas gaúchos para o xilindró da Piauí, assim terminou a farra do Lalau.

No porão insalubre, vossa excelência provou do mesmo rango, da mesma latrina, da mesma angústia do xadrez. "Aqui é cana dura" vangloriavam-se carcereiros e delegados.

O prédio, durante tantos anos vigiado, hoje tem a presença solitária de Toninho. O zelador bonachão trocou os corredores escuros de um almoxarifado pelo sossego da mansão. Cultiva abóboras e batatas no amplo quintal. Antônio é funcionário da construtora que comprou o terreno e será obrigada por lei a preservar a construção.

No fundo do lote, já são ruínas a cantina da Soninha, a sala de descanso dos policiais e o estacionamento das viaturas. Dentro da casa, o piso range. A janela geme. O cupim engorda.

Em pouco tempo, chegará à balbúrdia de tratores e bate-estaca. Vêm aí terraplanagem e alicerces para suportar as torres com apartamentos luxuosos e segurança reforçada. É São Paulo a crescer e soterrar a própria história.

O palacete já tem destino provável: vai acolher novas dependências e seus nomes globalizados: meeting room, coworking, coffee shop, gym, lounge, room office, spa, espaço gourmet e o que mais os dólares quiserem comprar. Um puxadinho "in" na fortaleza de luxo. É assim que a banda toca no Piauí da bonança.

FAXINA

A calçada loira é prêmio para quem madruga no frio paulistano.

No inverno, para poupar energia, as Tipuanas dispensam suas folhas e estendem um tapete dourado, que cobre a passagem e a paisagem dos pedestres. De vassoura em punho, homens e mulheres resgatam o cinza, que ressurge embaixo da folhagem miúda.

Trabalham em silêncio, abrem exceção para um bom dia, sem afastar os olhos da piaçava que varre do chão o amarelo forte. Gema de ovo caipira.

Aqui, na Vila Buarque, quase todos recolhem as folhas numa lata grande, improvisada como pá de lixo. Os galões vazios de tinta são cortados, uma diagonal precisa. A lata se torna um trapézio, com a base longa e a parte de cima estreita, e é fixada a um cabo comprido de vassoura.

Matias, vinte anos de faxina, elogia o geométrico instrumento de trabalho. "É maior que a pá comum, leva mais folhas e como o cabo e a lata são grandes, não preciso me abaixar. Protege a coluna da gente."

Os varredores vão em busca da sujeira dissimulada nos cantos apertados dos degraus, nas quinas e esquinas das paredes e postes. A piaçava fina e flexível despacha a poeira pro latão.

A monotonia do cimento pálido, que volta a dominar o caminho, é sinal que os trabalhadores da limpeza estão liberados para o café doce na garrafa térmica. Ainda não são sete da manhã, mas já passou da hora de colocar em dia a vida dos moradores.

Em outras épocas, é a vez de paineiras, paus-mulatos, quaresmeiras pintarem o chão; depois são sibipirunas, ipês, manacás...um rodízio de matizes sobre o concreto áspero.

Para mim, não importa a cor, o reco-reco da piaçava na calçada é o alerta: mais um dia começou.

Algumas esquinas depois, outra vassoura espanta os pombos para livrar a calçada de papéis e bitucas. A jovem varredora, que limpa a frente do supermercado, não imagina que até a década de 1960 a mesma calçada áspera acomodava longas filas. 600 pessoas aguardavam as matinês e sessões noturnas do Cine Itamaraty. O cinema do Juca, assim era conhecida a sala luxuosa de dois andares e poltronas confortáveis na rua Barão de Tatuí.

Décadas de emoção e fantasia, até o Cinema Itamaraty baixar as cortinas. Virou loja de presentes, depois academia, hoje vende mortadela, camisinha, cachaça e produtos de limpeza. Vem de lá o removedor que ela joga na calçada. Sufoca a catinga de xixi e resto de comida com o fedor ardido do Cloro. O mercado já vai abrir e Jenifer se despede com a vassoura apoiada no ombro.

A memória do cinema ressuscita um filme que homenageia Jenifer, Matias e outros trabalhadores da limpeza, chama-se *O Varredor*. É a história de um homem com sua vassoura de palha, a limpar as ruas de um bairro rico da cidade do México. Ele trabalha dançando, numa trama ingênua.

O ator, que antes da fama se arriscou como aprendiz de toureiro e lutador de boxe, é um expoente do cinema mexicano.

Mario Moreno morreu no fim do século passado e o velório precisou de três dias para acolher tanta tristeza

No início da carreira, para que os pais não sequestrassem seu sonho, Mario mudou de nome. Assim nasceu Cantinflas, o humorista que ouviu de Charles Chaplin: "Você é o maior comediante vivo do mundo."

O Varredor, último dos 53 filmes de Cantinflas, não tem nada de extraordinário, a não ser ele. A calça frouxa, o bigode raspado embaixo do nariz e volumoso em dois tufos na beirada dos lábios, a ginga com a vassoura.

Numa das primeiras comédias que assisti na vida lá estava Cantinflas. Na sessão das duas, minha avó me deu um drops Dulcora e avisou: "vais ver um grande ator". Nunca esqueci da figura de nome sonoro, que agora, cinquenta anos depois, reencontro na tímida tela de um canal a cabo.

Em *O Varredor*, Cantinflas descobre em seu cesto de lixo obras de arte roubadas e até uma criança abandonada.

Com Matias, varredor da Vila Buarque, o garimpo nas lixeiras do prédio da rua Martin Francisco, rendeu uma coleção desfalcada da Revista Caras e 2 camisas do Corinthians, naquele 2007 em que tudo deu errado para o Timão.

HERANÇA

Acordei cedo, tinha visita. A visita da saudade. Madame Saudosa vinha de longe e perguntou o que eu queria. História, respondi. Olhou em volta e intimou o cavalheiro, que ali calado, testemunhava o encontro.

— Conta você que sou visita.

Pendurado na parede, ele obedeceu e começou por uma tarde distante de um século que já se despediu. Eu e a saudade sentamos para ouvir.

**

Em Busca da Felicidade comovia o país em seus últimos capítulos. Um retumbante sucesso da Rádio Nacional, sempre numa gentileza do Creme Dental Colgate.

Até eu prestava atenção à radionovela, imagine. Confesso que em certos momentos me emocionei, mesmo que bastante aborrecido com uns e outros que esqueciam da hora porque nada podiam perder da história de Leandro Blanco.

Aquele capítulo não acompanhei, nem podia. Lembro como se fosse hoje, um fedor empesteou a casa e a fumaça deu o alerta: tinha panela esquecida no fogo.

Pecado. Feijão preto, escolhido na noite passada e mergulhado em água fria durante a manhã. Uberabinha de grãos reluzentes, caldo denso, feijão gordo. Tanto cuidado e — vê se tem cabimento? — alguém vai só até ali à esquina e esquece da vida.

Contei segundos — que nisso sempre fui especialista. Primeiro o toucinho, depois paio e linguiça portuguesa, por fim a costela, tudo fritando, encolhendo, se tornando brasa. O feijão, de preto, ficou vermelho e a panela pobrezinha, não suportou. O alumínio areado na palha de aço, quase prata, se contorceu, definhou. Vencido, derreteu para virar labareda, que engoliu pano de prato, guardanapo, cortina. Exatos 257 segundos.

O fogaréu deixou a cozinha, e com o sopro da brisa invadiu a sala. Partiu para cima do sofá e suas almofadas bordadas, carbonizou o tapete redondo e calou de vez o rádio Philips de ondas curtas e médias. Só então veio o primeiro grito. Dona Marilda chegou com bobs no cabelo, derrubou dois baldes na base do fogo. Dulcineia correu com a mangueira de jardim e espremeu o jato d'água com a ponta do dedo para aumentar a pressão, mas também foi pouco. O feijão queimado já era incêndio.

Agora, eu contava minutos. Em meia dúzia deles a pequena multidão ouviu a sirene.

Os bombeiros tentaram, mas era tarde. O pouco que o fogo não tragou a água afogou.

Um jato roliço e gelado me jogou no chão e por lá fiquei, quieto e atento, ouvindo a chiadeira das paredes.

Na casa simples de Vila Isabel, Em Busca da Felicidade não teve epílogo.

De minha parte, agradeci, chamuscado e vivo. A única cicatriz foi uma bolha grande.

Seu Arlindo, o dono da quitanda, ajudou, vizinhos fizeram lista, os dois filhos juntaram economias e logo tinta fresca e novos móveis espantaram a tristeza e as cinzas.

O mesmo cardápio da tragédia se repetiu no banquete da reforma. Dessa vez, dona Noêmia cozinhou a feijoada em fogo baixo e não arredou pé da cozinha.

Assisti do meu canto, pelo reflexo do espelho, já que agora não tinha mais direito à sala. Mesa farta, família de mãos dadas a rezar para que Nonô, a avó Noêmia, mãe e viúva, nunca mais passasse outro susto daquele. Eram 15:12 quando serviram o café, lembro bem.

Horários. Era minha responsabilidade acordar a criançada para a escola e despertar os adultos pro trabalho. Mais tarde, a melhor de todas as horas. Feliz, eu esticava meus braços, as mãos se uniam no alto, era meio-dia.

Que alegria, ponteiros sobrepostos e as doze badaladas em saudação ritmada pela volta dos pequenos. A hora do almoço, da conversa, só interrompida pelo brilho de Bibi Ferreira na rádio Mayrink Veiga, agora sob os auspícios do xarope São João.

Faz tempo e esse tempo não sei medir. Como disse, sou bom em segundos, confiável nos minutos e, vá lá, atento nas horas. Com anos, décadas... faça-me o favor, me perco.

Neste século de agora me calaram. As badaladas no número das horas cheias e aquela solitária, às meias horas, não mais.

Passei a viver sem corda, como um Neymar sem bola.

Só mesmo Ana lembra de me massagear com Lustra Móveis e flanela felpuda. Carinho sem pressa, como deve ser.

Não é o morno óleo de linhaça, com que, primeiro Noêmia, e depois Geralda, me encharcavam e me mantinham altivo e ativo, mas reconheço o afago em tempos de abandono.

Nesses milhões de minutos, ouvi elogios, olhares de admiração e retribuí com meus alertas, que, de graça, salvaram casamentos, empregos e evitaram brigas. Meu nome e marca até hoje são mistérios. Tenho apenas um "A" graúdo no meio de um losango.

Nas voltas que o mundo deu e eu ajudei a contar, encarei o breu de caminhão baú, lombo de burro, carregadores de todo o tipo.

Da casa do incêndio, para um apartamento, outro e mais outros. Enfrentei desconfortável viagem do Rio para São Paulo num banco traseiro, depois solavancos para uma chácara com goteira no telhado que me lambuzava. Até num guarda-móvel empoeirado de Osasco experimentei a dor do exílio.

Eram os desencontros doídos do patrão e numa dessas separações em que a pessoa sabe de onde sai, mas não para onde vai, acabei despachado para a casa de uma amiga dele. A mulher me embrulhou num cobertor quadriculado e, zelosa, me protegeu embaixo da própria cama, em Ermelino Matarazzo. Quando a crise passou, me devolveu, do jeito que recebeu.

O dono da casa, enfim, deu-me parede e lugar na sala do apartamento na Vila Buarque. Virei enfeite com a bolha do incêndio de quase cem anos. Neto da cozinheira distraída, ele me olha com o respeito que os sobreviventes merecem. Porém, sei cá com meus ponteiros, é no celular que o ingrato olha as horas.

Eu, anfitrião, aceitei as críticas, agradeci a visita de uma e a história do outro.

Tempo e saudade se abraçaram, diante da testemunha solitária.

CAMA DE PEDRA

Pense numa cama dura. Dura e áspera como pedra. Pense numa cama muito gelada no inverno e quase em brasa no verão. Pense numa cama suja, numa cama que cheira mal, numa cama perigosa.

Esta cama existe. É uma cama de pedra. É a cama do Evaristo. Ele vive embaixo de um viaduto, na Vila Buarque. Uma caixa de papelão, encontrada ali perto, em Higienópolis, é colchão e, às vezes, lençol.

Evaristo Fonseca me conta sua história. Minha missão, de máscara e álcool gel no bolso, é saber como a população de rua enfrenta a Pandemia. A entrevista com o homem magro e de pele castanha é numa terça-feira chuvosa de junho de 2020.

— Esse vírus não me pegou e não vai me pegar. Primeiro porque eu me cuido, tenho máscara, uso álcool gel, que o seu Ananias, o dono da farmácia, me oferece e todo mês vou ao posto de saúde. Segundo: morador de rua enfrenta vírus muito piores.

— Quais?

— A ruindade de quem passa aqui de madrugada. Tem "uns que despeja" água gelada na gente e bota fogo nas nossas coisas. Outros jogam xixi, às gargalhadas.

— Por que você acha que está protegido, se não fez teste e o vírus pega todo mundo?

Ele ajeita a máscara, que esconde barba e bigode para elaborar uma explicação.

— O jogo virou, senhor. Dessa vez, o preconceito tá do nosso lado. O Coronavírus chegou aqui de avião, veio da Europa. Daí contaminou os ricos, depois a classe média. As diaristas, motoristas, porteiros pegaram cuidando "dos patrão" e levaram para a periferia. A gente não, a gente tá isolado e não é porque a gente quer, é porque ninguém chega perto. Motorista levanta o vidro e pedestre o nariz.

— O que mudou com a pandemia?

— Mudou tudo: as doações sumiram, várias entidades que ajudam estão sem dinheiro. A gente ganhava roupa, cobertor, tênis, chocolate, até presente. Agora mesmo as latinhas desapareceram.

Apenas vinte segundos dos depoimentos de Evaristo foram ao ar numa reportagem do sábado de manhã. Mesmo misturado entre outros moradores de rua, ele se destacou e numa dessas proezas da comunicação de massa foi reconhecido.

A quinhentos quilômetros da cama de pedra, no bairro São Mateus, na cidade mineira de Juiz de Fora, Michele ouviu a voz suave de Evaristo. Michele é vizinha de Rodrigo, o irmão de Evaristo. A manicure pulou da cama e esmurrou a porta do apartamento ao lado, o 208.

— Teu irmão tá na TV. Acorda Rodrigo, vem ver. Corre homem.

Rodrigo ainda assistiu ao final da reportagem. Quem falava era a voluntária Raíssa, uma professora de dança desempregada pela Pandemia.

Começa aí uma sequência de ações em que acaso e sorte se unem. Rodrigo encontra Raíssa nas Redes Sociais e pede ajuda para localizar o irmão. Raíssa, acostumada a atender a população de rua, sabe de quem ele fala. O marido dela, o Fábio, que naquele sábado estava de folga, sai pedalando por 10 quilômetros. Entre a pequena multidão que vive embaixo do Minhocão ele encontra Evaristo. Fábio faz uma chamada de vídeo e os dois irmãos enfim se veem. São 12 anos de saudade. Evaristo é quem começa.

— Pô, quanto tempo.

— Nem fala

— Engordou, hein?

— E essa barba? Ih, tá ficando branca.

— Pior você que tá careca.

— Não começa.

— Tô brincando.

— Que saudade, que saudade.

— E a vó? E as tias?

— Tão felizes que você apareceu.

Aí, Rodrigo, motorista de aplicativo e pedreiro, fala com a autoridade de irmão mais velho.

— Sai da rua, mano. Aqui tem uma cama pra ti, tem o amor da tua família, tem o feijão tropeiro e o pão de queijo da Alzira. Se você não vier eu vou aí te buscar.

Evaristo chora.

Fabio me avisa do incrível reencontro e envia o vídeo. A direção do programa se empolga e diz que pode ajudar os irmãos

Fonseca. "Que história! Vamos precisar de mais tempo", alguém comenta na redação.

Uma vaquinha consegue roupas para o viajante, passagem de ônibus, documento e dinheiro para o lanche na estrada.

Tem ainda o teste da Covid. Vai que ele está infectado e espalha doença pela família? Todos se mexem e a direção de um laboratório doa o exame.

Evaristo fica isolado num hotel para esperar o resultado do teste. Adora o banho quente, o café da manhã e, sobretudo, a cama. Uma cama de verdade, macia e cheirosa.

O teste é negativo. Não falta mais nada para viagem. A mudança vai em duas sacolas de plástico. O ônibus parte ao meio-dia e 10 minutos do terminal Tietê. Evaristo acena para a câmera.

Faltam dez para às nove da noite quando ele desce a escada do ônibus na rodoviária de Juiz de Fora. Uma equipe de TV grava os dois irmãos batendo os cotovelos. Evaristo conta do teste e os dois se abraçam.

A reportagem vai ao ar no sábado seguinte. O reencontro conquista o público. A audiência dispara, a emissora é elogiada pela iniciativa solidária, o povo de Juiz de Fora comenta que foi graça de Deus. Começa uma nova vida para a família Fonseca.

Essa é a primeira parte da história.

A segunda se chama Roberta.

Na cama de pedra, Evaristo não dormia sozinho. Havia quatro anos que os dois viviam juntos. E juntos namoravam, se protegiam, se entendiam. Dividiam comida, bebida e carinho, ali mesmo na calçada. Foi Roberta quem pegou um pedaço de pau e enfrentou dois seguranças que batiam em Evaristo. Foi Evaristo quem levou Roberta no colo ao hospital quando ela teve pneumonia.

Ao saber dos planos do marido, Roberta acreditou que também tinha lugar para ela. Se enganou.

— A Roberta anda violenta e quase me furou com uma faca. Quero vida nova. Agora que tenho RG vou pedir o Auxílio Emergencial e vender balas na rua. Vou ser um cara solteiro.

Volto aos baixos do Minhocão e encontro Roberta com a ajuda dos voluntários. Ela não está a fim de conversar, quer esquecer o marido.

Tempos depois, uma surpresa. Evaristo está na minha frente. Mais gordo, sem a barba e com uma camisa do Flamengo, ele me conta que não se adaptou. A nova vida não era tão nova assim.

— Era muita gente mandando em mim. Queriam regular a hora do banho, de comer, de dormir.

— Quanto tempo você passou com a família?

— Vinte dias e foi demais. Sou um cara livre, faço o que quero, quando quero. Sou da rua.

— E a Roberta?

Ele fala mais baixo.

— Me aceitou de novo. A Roberta gosta de mim.

— E você?

— Também. Não levei ela para fazer uma experiência. Vou te contar, não foi a primeira vez que a gente se separou.

Ele atravessa entre carros e acena do outro lado da rua. Repete o gesto de nossa primeira despedida no Terminal Tietê e desaparece.

Telefono para o irmão.

— Fiz de tudo, dei casa, cama e comida. Mas ele não queria trabalhar. Quando disse que ia embora, eu até gostei. É difícil ajudar quem não quer ser ajudado.

A história que foi notícia duas vezes na TV volta ao início. É como se a movimentação de dezenas de pessoas — jornalistas, voluntários, produtores — e o interesse de milhões de espectadores servisse para manter tudo no mesmo lugar. Imóvel como a cama de pedra.

DESASSOSSEGO DE UM POSTE

Começo os dias com as mãos encardidas de informação. Sou o único assinante de jornal impresso no prédio de trinta e seis apartamentos. O diário me espera na portaria, impecável e bem dobrado. Gosto desse bom dia.

Não busco notícias factuais; estas a internet já deu.

O que me desperta e me diverte está nas páginas de opinião. Autores descrevem um banho de chuva, uma crise de soluço e também o segredo de cortar o mil-folhas sem destroçar o doce.

Manuel Bandeira disse de Rubem Braga: *O Braga quando tem assunto é bom, quando não tem é ótimo.*

Braga se foi, mas ainda há bons contadores de caso na nossa imprensa. Como aquele veterano repórter, de jornal, revista e tv.

O episódio, contado em muitas redações, pode ter sido aumentado aqui ou ali, faz parte. Conto a vocês o que minha memória preservou.

O novato Juvenal, vamos chamar assim, ouviu do chefe, logo na primeira semana, a provocação.

— *Garoto, tenho um teste pra ti. Vais fazer uma reportagem sobre um poste.*

Era o estilo do chefe, vaidoso e engravatado, usava e abusava da segunda pessoa do singular, o tu. *Mesmo dentro da redação não tirava os óculos Ray Ban com armação dourada como a pulseira e — sobretudo — adorava gritar.*

— *Como não entendeste? Sabes o que é reportagem? Sabes o que é poste?*

— *Sei, mas qual é a notícia, qual a novidade?*

— *Tu que vais dizer, moleque. Criatividade! Levantes a bunda da cadeira e abraces a história. O poste é teu personagem. Quero a matéria em três dias, no máximo quatro.*

— *Pera aí, que poste?*

— *Poste é poste. Esse troço alto que tem uma lâmpada no topo e um monte de fio enrolado.*

O fotógrafo, Alfredo, bom malandro, aconselhou, enquanto o chefe atendia um telefonema: "a pauta é ruim, mas se a gente não fizer essa vem outra pior. São Paulo tem milhares de postes, a gente escolhe um, fotografa e entrevista as pessoas, só não me pergunte sobre o quê".

Em silêncio, o repórter cruzou a redação, que naquela manhã pareceu comprida demais. Ouviu a experiência do colega e elegeu um poste qualquer. Em minutos percebeu que postes são parecidos, nunca iguais. Aquele, perto da Rádio Globo, tinha na parte baixa, escrito em amarelo, um número: 565446. Juvenal telefonou para a empresa responsável e soube mais, cada poste tinha seu prontuário. Instalação: 12/04/1974. Altura: 9,2 metros. Capacidade: 400 kg.

O prontuário ia além: no Natal de 1979, um Opala, em desabalada carreira, atingiu o poste, que, danificado na base, foi substituído pelo atual. O novo sustenta transformador e fiação há seis anos. Nenhuma falha apontada, concluía a ficha.

Nos dias que passou em volta do 565446, Juvenal conheceu o funcionário que uma vez por semana cuidava da manutenção.

O sergipano Valdenor apresentou ao repórter as entranhas de um desconhecido mercado: o mercado dos postes. Valdenor contou que aquele poste tinha preço melhor. Se fosse do mais grosso e alto, capaz de suportar dois transformadores numa subestação, triplicava.

— Onde vende?

— Em Cotia tem uma fábrica: Postes Nossa Senhora da Luz. Agora, se quiser de aço, é outro endereço. São postes de grã-fino, sob medida. Já os de madeira, que a turma gosta em sítio, a gente encontra numa fábrica de Cajamar. Aceita cheque pré-datado

Juvenal anotava, Alfredo fotografava e a ideia, até então estapafúrdia, começava a ganhar alguma substância.

De poste, Valdenor entendia. Já eram 20 anos subindo e descendo para a cidade não se afundar no breu.

— Quando estou lá no alto é um sossego, arrumo os cabos e vejo a Vanda, a manicure que trabalha na sobreloja do prédio em frente.

Para Juvenal, não só Valdenor, mas o próprio o poste era testemunha da vida e da gente da Vila Buarque. Da metade para cima segurava uma barafunda de cabos de cobre e fiação, lá embaixo aceitava qualquer missão. Às sete da matina recebia o vira-lata Hércules no primeiro xixi do dia. O buldogue da Neusa vinha logo depois.

À noite, Juvenal mergulhou ainda mais na existência do 5446. Encontrou um casal namorando escorado nele. Depois foi a vez de Pâmela, que se encostava à coluna de concreto para relaxar do salto alto e trabalhar até a alvorada. De maquiagem carregada e saia curta, o moreno esguio de 32 anos e cabelos descoloridos vinha de Taboão da Serra. Com os minutos de prazer que dava à freguesia, ele sustentava os dois irmãos e ajudava os pais, que tinham certeza: o filho mais velho era garçom. O garçom Wilson. Juvenal anotou toda a história, mas Pâmela pediu que Alfredo não fotografasse.

Sim, o chefe de reportagem era um traste, mas o poste tinha história e ela estava apenas começava. Depois do almoço, Valmir, apontador do Jogo do Bicho na banca Caminho da Sorte, colava o resultado da tarde. O conhecido "deu no poste", naquela terça-feira de junho de 1986, anunciava macaco na cabeça. Severino reclamou do azar, Malvina comemorou.

As lentes de Alfredo registram outros avisos na superfície de concreto, ofertas de massagista, cartomante e despachante. Juvenal liga para os três, apura detalhes da massagem da Gilmara, da bola de cristal da Tia Lucélia e do jeitinho que Eusébio tem para limpar a barra dos motoristas no Detran.

No poste vizinho, o 565445, as papeletas brancas e amarelas oferecem costureira de vestido de festa, professor de caligrafia para crianças e adultos, poda de árvores.

Sem sair do lugar, postes geram empregos e dinheiro. É progresso, é distribuição de renda, fala sozinho, o Juvenal.

Da travesti à cartomante, do professor de caligrafia ao casal de namorados, vinte depoimentos enchem o bloco de anotações e três páginas do jornal.

Vizinhos do Poste virou a "Reportagem de Capa" da edição de domingo, a foto maiúscula ocupou metade da primeira página. Lá estava Valdenor no alto do poste com o pôr do sol alaranjado tingindo prédios e ruas da Vila Buarque. Na página oito do primeiro caderno é o vigilante Hércules que encara o leitor com o personagem principal ao fundo, ereto como sempre.

A reportagem brilha, recebe elogios e o jornal rapidamente some das bancas. Juvenal reconhece: o chato tinha razão.

Daquele 1986 para cá, São Paulo nem cresceu tanto. Já os milhares de postes e sua incrível sobrecarga de fios e cabos se multiplicam em conexões sem fim, bloqueiam nossa vista, poluem a paisagem. Já ouvi que são quase 800 mil na cidade.

Prefeitos já garantiram que teríamos fiação subterrânea e postes menores, que iluminassem em vez de agredir a estética.

Promessas como a da pescaria no Tietê, do fim da Cracolândia ou de um teto para os moradores de rua. Reportagens que nem o Juvenal seria capaz de fazer.

3.
NA CATRACA

OLHA O RAPA

Junto com o *bom o dia* ou o *até amanhã* ao porteiro, Marcelo enfiava o cartão de papelão no relógio de ponto e acionava a alavanca. Lá, estavam marcadas, em números azuis, as horas de entrada e saída.

Fera no esmeril, o metalúrgico fez milhares de chaves e fechaduras, até que a porta se trancou. Nunca mais recebeu hora extra.

No condomínio, que pagava menos que a metalúrgica, se encaixou como vigia da noite, mas por pouco tempo. Na transportadora, onde lavava três caminhões baú por dia e tinha o salário ainda mais magro, aprendeu o que era terceirização. Foi demitido sem ver indenização ou ouvir um obrigado.

No trabalho de hoje em dia o uniforme é uma camiseta do Palmeiras que reveza com uma vermelha de um candidato a vereador. A cabeleira escura e as tatuagens enfeitam o corpo seco do Marcelo, que não aparenta seus quarenta e nove anos.

Ele viaja na linha Esmeralda da CPTM, sai do Grajaú, onde mora, e vai até Osasco. De um extremo ao outro até perder a conta. Sempre de pé, às vezes nem sabe se está indo ou voltando. O Palmeirense é um mercador dos trilhos. Oferece fones de ouvido, capas e suportes de celular.

Entre as estações de Presidente Altino e Imperatriz Leopoldina, nos primeiros dormentes paulistanos, a prosa curta.

— Tá vendendo bem?

Ele senta ao meu lado e abre a mochila.

— Não dá para reclamar. Tenho minha média e enquanto não chego lá continuo a oferecer.

— Quanto é?

— Oitenta reais livres por dia, de segunda a sábado. No fim do mês pinga dois mil e pouco. Vai um fone?

— Quanto?

— O branco é quinze e o azul, com cabo mais curto, dez.

— O branco.

Dou três de cinco.

— Boa viagem.

Essa foi a quarta vez que conversei com Marcelo.

Aprecio a movimentação dos ambulantes. Simpatia e malícia com a boa lábia de vendedor.

— Meu preço tá caindo mais que o Neymar na Copa.

— Três por cinco, mas é só até a próxima estação.

Olho mais para dentro do vagão do que para cidade que passa lá fora.

Nos trens da CPTM vende-se de tudo, ou quase. Dezenas em busca de alguns reais e milhares que podem precisar de um desses produtos. Dinheiro que vai de mão em mão.

A pipoca doce, a carteirinha de documentos, o biscoito de camarão, o salgadinho de bacon, o refrigerante. A gente não vê, mas atrás de cada um desses produtos existem geladeiras vazias, crianças ansiosas por uma roupa, um caderno; tem aluguel atrasado, luz para ser cortada, botijão vazio. Boletos. Dívidas.

— É comércio clandestino e está proibido, bradam com voz grossa e impaciente os mandões do transporte público.

As empresas que ganharam a concessão, CPTM e o Metrô não só proíbem como confiscam os produtos. A mercadoria dos ambulantes é surrupiada na frente de todos. Vigilantes de cassetetes levam junto as mochilas. Seriam também clandestinas? Verdade que seguranças já foram agredidos por grupos de ambulantes. A violência a estimular a barbárie.

— É o rapa, alguém grita e os trabalhadores correm como se fossem assaltantes perseguidos pela polícia. Passageiros se apertam para liberar portas e corredores. O barata-voa dura alguns segundos e o trem embala de novo.

Estamos na parte rica da Marginal Pinheiros, endereço de quem só ouve falar dos trens quando a diarista chega atrasada. Enquanto o vagão desliza, motoristas trancados e parados em suas máquinas blindadas congestionam a pista ao lado. Muitos acabam de sair dos bancos e corretoras da região da Faria Lima. Não imaginam que tão perto deles um mercado de verdade tenta reanimar a economia moribunda.

O que é vendido nos vagões foi comprado de pequenos distribuidores. O que os ambulantes fazem é botar os reais que têm para circular num Brasil em crise. Compram à vista, normalmente em dinheiro vivo, assumem o risco e, sim, pagam imposto. Para entrar nos vagões passam o bilhete como todos os passageiros. Trabalham durante horas e até divertem quem viaja. Compram, vendem, compram de novo...

Uma pesquisa da própria CPTM mostrou que os passageiros se incomodam muito mais com a superlotação e os atrasos do que com os vendedores.

Mas a obsessão das autoridades fez nascer uma campanha que ofende os pequenos comerciantes. Cartazes nas estações pedem aos passageiros que não comprem, alto-falantes anunciam que os produtos são de procedência duvidosa, que fazem mal à saúde e dizem num volume muito acima do tolerável que os vendedores são barulhentos.

Como empresas sérias fazem acusações tão graves? Investigam a procedência dos produtos? Se investigam, porque não divulgam? Se não sabem onde e como foram comprados, como afirmam que são ilegais? É fácil acusar quem não pode se defender.

Suelen prepara a mamadeira da filha, a marmita do marido, toma banho e embarca de cabelos molhados e perfumados em Carapicuíba. Vende água mineral entre as estações Ceasa e Itapevi. Faz até doze viagens, troca de vagões e trens para escapar dos seguranças e variar a freguesia. Quando o tempo muda, oferece guarda-chuva a 15 reais.

Aos 22 anos, já foi babá e teve carteira assinada na empresa de telemarketing e no balcão da padaria.

Confio mais em Suelen do que em muitos donos de supermercados. Com ou sem gás, a água fresca mata minha sede por três reais.

O brasileiro que não foge do rapa precisa saber.

Os vagões têm ambulantes porque os passageiros consomem; e consomem porque gostam; e gostam porque é barato e porque são bem atendidos; são bem atendidos porque os vendedores, na maioria dos casos, são educados, competentes e o produto é acessível por que a venda é direta, sem intermediário e sem a mordida do banco.

Fora das leis do varejo, existe outra regra: a solidariedade entre as pessoas. O passageiro reconhece no vendedor um parceiro, um vizinho. Amanhã pode ser o dia dele e quem sabe não recebe o troco?

UM PASSINHO À FRENTE, POR FAVOR

É hábito antigo, que vem das carroças, passou pelos bondes e se mantém até hoje. Autoridades brasileiras não usam transporte coletivo.

Os ônibus são bom exemplo. Que prefeito de nossas mais de 5 mil cidades passa na catraca?

É quente. É velho. É sujo. É lento.

Dá para dizer que quase todo político até aceita o carro oficial, mas curte mesmo é o banco de couro macio de um helicóptero.

É fresquinho. É novo. É limpo. É rápido.

Também é de graça porque tem uma multidão de otários para pagar.

Por outros caminhos e com os pés no chão, cerca de 3 milhões de cidadãos viajam todo dia nos ônibus paulistanos.

Os 4 reais e 40 centavos de cada passageiro, mais o dinheiro que a prefeitura repassa às empresas — o subsídio — não são suficientes para manter o sistema, é o que ouço desde que mudei para cá, há mais de trinta anos.

Nessa hora surge uma ideia mais nefasta que investir parte dos impostos em helicópteros: que tal demitir os vinte mil cobradores? Afinal, noventa por cento das viagens são pagas com Bilhete Único. A profissão acabaria de vez até 2020, acabaria, mas não acabou. O sindicato conseguiu um acordo. Porém, o que se diz nas garagens é que uma decisão da justiça paulista já permite a demissão em massa.

Assim como políticos, a maioria de juízes e desembargadores não anda de ônibus.

É quente. É velho. É sujo. É lento.

Magistrados preferem carros de luxo e com motorista.

É blindado. É novo. É cheiroso. É ligeiro.

Nas campanhas, nenhum candidato a prefeito assegura o emprego dos cobradores.

Passageiro e eleitor, eu gostaria que eles embarcassem nessa com a gente.

O prefeito ou prefeita aprenderia que passageiros precisam de cobradores para descer no ponto certo, para se informar se a rua tal fica antes ou depois do ponto, para saber o itinerário.

Tudo bem, tem aplicativo. Mas brasileiro se informa conversando. É assim que ele chega.

É o cobrador ou cobradora que recebe pagamentos em dinheiro — poucos, é verdade — e ajuda o motorista quando surge algum defeito — aí são muitos.

Cobrador ajuda cadeirantes, idosos e pessoas com dificuldade de locomoção a entrar e a sair.

Qual o preço disso? O que significa para quem tem uma limitação perder essa ajuda?

Nos horários de pico, muitos passageiros não chegam à porta traseira, entram e saem pela frente. Quem pega o bilhete único, passa no leitor eletrônico e gira a catraca é o cobrador. Sem isso, muitas viagens não seriam pagas.

Prefeitos não andam de ônibus.

E assim, ignorantes, repetem a cantilena como papagaios cegos.

"Ora, ora, cobradores vão apenas mudar de função, farão cursos para aprender outra profissão. Isso é exagero da imprensa."

Convido o prefeito ou prefeita a embarcar no busão que sai da Vila Buarque, no centro, e vai até Santo Amaro. É a chance de conhecer a cobradora Zenaide, nascida em Esperantina, no Piauí. Ela faz 3 viagens ida e volta. São 7 horas de trabalho, de segunda a sábado. Em tempos normais, até 500 passageiros transportados por dia. A profissão garante plano de saúde, vale-refeição e cesta básica.

Com o salário, que nunca foi bom, criou sozinha os dois filhos. Hoje, ajuda na formação de Stéfani, a neta de 12 anos.

Quando o ônibus lota, a jovem avó ajeita o cabelo bem escovado e repete frases telegráficas.

— Um passinho à frente, por favor.

— Segundo ponto da Consolação, acesso para linha Amarela do Metrô e Avenida Paulista.

— Quem não descer agora, libera a porta.

— Segura aí motorista, vai descer.

— Última parada da Rebouças. Bairro de Pinheiros. Depois entramos na Faria Lima. Tô avisando.

Se andassem de ônibus, os mandachuvas da cidade saberiam como essas informações são fundamentais.

A poucos quilômetros do fim da linha, Zenaide permite o trabalho de Maykon, o vendedor de chocolate.

Ela costuma ganhar um Galak de presente, que divide com a neta na hora da novela.

A morena mostra dentes perfeitos e me olha por cima dos óculos quando pergunto se já rodou catraca para algum prefeito.

Boa de troco, calcula de cabeça:

— Se são 20 mil cobradores e cada um tiver uma família de quatro pessoas, as demissões vão prejudicar 100 mil cidadãos. É mais que o dobro da população da minha Esperantina. Governo é para arranjar ou tirar emprego?

Lá na frente, Adriano acelera e entra na conversa.

— O motorista vai dar troco e dirigir ao mesmo tempo? Isso não atrasa a viagem e causa acidente?

Mais uma vez não tenho resposta.

Embarcar no busão da Zenaide e Adriano ou noutro qualquer é a chance de mergulhar em uma São Paulo que até gostaria, mas não pode parar.

São cidadãos que, por falta de opção, economia ou consciência ambiental, ajudam a cidade a ser menos barulhenta, menos congestionada, menos egoísta.

Uma equação simples que dez em dez engenheiros de trânsito repetem: mais gente no ônibus é igual a menos carro na rua, que é igual a trânsito melhor, que é igual a transporte coletivo veloz. Mais rápido, o ônibus atrai novos passageiros, que dispensam o carro e aliviam as ruas. O sistema de transporte arrecada, a prefeitura economiza e a mobilidade avança.

Um prefeito de Bogotá, capital colombiana, declarou há alguns anos: "cidade desenvolvida não é aquela em que pobres andam de carro, é aquela em que ricos usam transporte coletivo."

Prefeitos e prefeitas.

É só um passinho à frente, por favor.

LARANJÃO DA MADRUGADA

Sinto o puxão na manga direita da camiseta.

— Comprou onde?

— Tá falando comigo?

— Só pode ser, né? Onde?

— Mas o que você quer saber?

Tento uma pausa para pensar em meio ao diálogo de perguntas atropeladas. Fecho o livro que lia no banco do ônibus e olho com mais atenção para jovem bonita, de olhos grandes.

— A camiseta, véio. Comprou onde?

A menina deve ter uns 17 anos. Uma negra de cabelos cheios e anéis prateados na mão direita, a que ainda segura a minha camiseta. Recolho o braço e ela solta.

— Num bairro lá de São Paulo, perto do centro. Conhece São Paulo?

— Não, nunca fui a Sampa. Tenho vontade. Mikaela! Mikaela!! Mikaaa!!!

Ela segura novamente a manga da minha camiseta e esfrega polegar e indicador como quem avalia o tecido.

— Que foi, Rayanne? Tá me tirando?

A moça lá na frente, a Mika, também é negra, também de cabelos black power. Está a uns dez metros, quase grudada ao motorista. Eu e Rayanne, num dos últimos bancos. Por causa da distância e do barulho, elas já passaram do grito para o berro.

— A camiseta dele é igual àquela que tua prima te deu no amigo oculto. Rayanne se esgoela, sem qualquer constrangimento.

Vários passageiros estão de pé. Eles param de digitar seus celulares e passam a acompanhar a gritaria. Cabeças vão e voltam, como as de uma plateia de jogo de tênis. Quem está sentado se vira e me olha.

— Num tô vendo daqui.

— Dá pra você levantar? A minha prima quer ver a camiseta.

Um homem ri. A mulher ao lado dele cochicha algo com o namorado barbudo, que enlaça sua cintura.

Levanto um tanto sem jeito, estico um pouco o peito e puxo a camiseta para baixo. O ônibus inteiro me encara, passageiros curiosos pela minha cara e, claro, pela camiseta branca com um bolso retangular azul. Acho que até o motorista mirou pelo retrovisor.

— Ele disse que comprou em São Paulo.

Começo a gostar da brincadeira e capricho no volume.

— *Moro lá, exxxtou aqui porrque vim visitar merrmão.*

— Pô é caô, o cara é paulixxta e fala mais carioca que nóis.

Entro de vez na onda.

— Nasci aqui e moro lá. Vem pra cá Mika, aí a gente não precisa gritarrrr tanto.

— Aqui tá menos embaçado. Sempre viajo perto do Deivison.

Relaxo de vez.

— *Né purr nada não, mas acho que a minha foi maixxx barata que a tua.* Paguei 50 e levei *duaxx*. Tu não perguntou para a prima quanto foi?

— ...

— Pô vacilou, Mika. Agora a gente tirava a dúvida.

O ônibus se agita com as novas revelações, Mika tem mais perguntas.

— Aí vi vantagem. Vinte e cinco cada. Tinha muitas cores? Todos os tamanhos? Tem o zap da loja? Rayanne, tira foto. Ray!!

— Não dá. A gente já vai descer.

Volto ao volume normal de um passageiro normal, num ônibus normal.

— Só para você saber: lá em sampa não é Amigo Oculto, é Amigo Secreto.

Às gargalhadas, Rayanne berra pela última vez.

— Mika, Mika!!! Ouve essa. Ele tá dizendo que em São Paulo é Amigo Secreto. Vê se pode? Secreto.

A mulher do banco à frente aproveita a chance.

— Minha tia, que já morou lá, acho que no Capão Redondo, me contou essa. Diz que é mesmo.

Um jovem de óculos e com a camisa do Fluminense opina:

— Se oculto é sinônimo de secreto, qual o problema?

— Não sendo sigiloso, tá tudo certo. Palpita o namorado barbudo.

Mais um debate carioca: oculto ou secreto?

Rayanne está de pé e antes de descer me dá um sorriso.

— Valeu Paulixxta.

Aos poucos, os passageiros voltam ao silêncio das telas. Ainda vejo as duas primas em passos rápidos já na outra calçada. Admiro a espontaneidade carioca, o jeito de puxar assunto, mesmo que seja puxando a sua roupa. Rio do meu Rio. Da janela o que curto agora é a viagem desse ônibus íntimo da cidade: o 433.

Pela paisagem e pela memória, uma relíquia. Nele experimentei a independência de viajar sozinho ainda na infância. Pagava a passagem e recebia uma ficha de plástico, redonda e azul com a inscrição: Deposite no Caixa.

Adulto, quando subia os degraus, encontrava a freguesia da madrugada. Gente perdida na noite. Gente que se achava na noite. E eu com eles, feliz.

Motoristas e cobradores — no Rio, chamados de trocadores — não esquecem dos beberrões que iam viajar no máximo seis ou sete paradas à frente do ponto final, no Leblon, mas que adormeciam e só acordavam no outro ponto final, quase 20 quilômetros e hora e meia depois. Um cheiro forte que combinava álcool, perfume barato e suor, empesteava o ônibus. Quando o motorista sacudia os dorminhocos, eles pediam com a cara amarrotada para voltar de graça. E conseguiam. Aí, dormiam de novo, passavam outra vez do ponto e assim iam e voltavam, entre roncos e sonhos, até o fim da bebedeira. O 433 curava ressacas e, aos acordados, ensinava História.

Partia da praça Barão de Drummond, homenagem ao inventor do jogo do Bicho. Seguia por Vila Isabel, bairro de Noel e Martinho. Depois, o estádio do Maracanã. À frente, o Largo da Segunda-Feira, com um ótimo salão de sinuca e um episódio marcante da nossa história: em 1969, terminou ali, no encontro da Haddock Lobo com a Conde de Bonfim, o sequestro de Charles Elbrick, o embaixador dos Estados Unidos. Um poderoso refém da Luta Armada, trocado por ativistas presos pela ditadura.

Próxima parada: Estácio, onde nasceu a primeira Escola de Samba e o restaurante Nova Capela, com o mais tradicional cabrito assado da cidade.

Desponta a Lapa, dos antigos malandros e do Circo Voador. Vêm a Glória, o Palácio do Catete, o endereço de Getúlio Vargas, antes do tiro no peito. É o começo da zona sul.

Chega-se ao Largo do Machado, dele, Machado de Assis.

A partir dali diminuía o número de engravatados e crescia a turma da praia. Com pouca roupa, iam de pé e alegres para Copacabana, Ipanema e Leblon.

Cor de tangerina madura, o busão era visto de longe. No ano da Olimpíada, o 433 ficou branco e o trajeto encolheu, sem chegar às praias mais conhecidas. Perdeu charme e passageiros. Mas não duvide: o antigo Laranjão da Madrugada segue como ótimo ponto de conversas coletivas, assim como as praças, igrejas, praias, botecos e esquinas dessa maravilha de cidade. O assunto e o volume da voz pouco importam.

4.
OS IMORTAIS

BOA NOITE E BOA SORTE

O juiz de primeira instância em São Paulo ordenou: prende!

O ministro do Supremo rebateu: solta!

No dia seguinte, o meritíssimo decidiu prender de novo, mas vossa Excelência, de seu gabinete em Brasília, repetiu a ordem: quero o banqueiro livre! E é já!

E assim, o milionário Daniel Dantas, acusado de crimes financeiros e pagamento de suborno, nunca mais voltou para o xadrez.

A imprensa chiou, alguns deputados gritaram e a PF ficou emburrada. Já o jornalista Paulo Henrique Amorim passou a chamar Gilmar Mendes de Gilmar Dantas e Daniel Dantas de Daniel Mendes.

A sacada de trocar os nomes encantou leitores, mas causou ações judiciais, que viraram processos, que pediam indenizações. Claro como o sol que Gilmar e Daniel não gostaram da brincadeira.

Às vezes cruel, quase sempre sarcástico, Paulo Henrique criticava o que achava que devia ser criticado e sem desperdiçar palavras.

Para dizer que Aécio Neves era provinciano, que não tinha conhecimento para presidir o país, escrevia apenas: O Mineirim da Cemig, ou Aecim...sempre com reticências como se acentuasse o mineirês que o hóspede de Búzios e do Leblon tentava esconder.

Indignado com as coberturas da grande imprensa, apesar de ter trabalhado nela toda a vida, cunhou o PIG, Partido da Imprensa

Golpista. Talvez tenha errado ao generalizar, mas traduziu a sensação de parte dos eleitores que via no noticiário a armação de um golpe para expulsar a presidenta Dilma do poder.

Quando discordava da Folha de São Paulo, fustigava o jornal ao dizer com ironia: FALHA de São Paulo.

Paulo Henrique já tinha carreira no Jornal do Brasil e em Veja quando se tornou repórter e comentarista de TV. Sua missão era esmiuçar o "economês". Sabia do que falava e se não soubesse não abria a boca.

Pegou pela proa Plano Cruzado, Confisco da Poupança, Renegociação da Dívida Externa, o telespectador médio tinha a impressão que se o assunto era difícil, lá vinha aquele homem de ternos bem cortados e lenço de seda para explicar. Conhecia bem os segredos da TV e criou um jeito próprio de comentar. No fim da participação, se debruçava na bancada como se fosse dizer um segredo a quem estava do outro lado da tela. "A ministra Zélia Cardoso de Mello me contou hoje que..." Uma pessoa que esteve com o presidente Fernando Henrique Cardoso me confidenciou que..." Era um estilo. Isso fez e ainda faz diferença num veículo em que tudo parece seguir o mesmo roteiro. Poucos jornalistas de televisão tiveram o prestígio do PHA.

Lembro de uma entrevista ao vivo, em Nova Iorque, em que Paulo Henrique perguntou ao economista Pedro Malan, que viria a ser ministro da Economia.

— O Brasil renegociou a dívida externa com o FMI, mas o que isso vai mudar na vida da minha conhecida, a dona Regina, que mora no bairro de Pinheiros, lá na zona oeste de São Paulo?

O tipo de pergunta que aproxima o espectador da notícia. Mesmo que a resposta não fosse muito esclarecedora, Paulo transformava, com sua curiosidade, um assunto macroeconômico, num tema cotidiano para o cidadão urbano, como a Regina.

Paulo Henrique Amorim não tinha medo de fazer inimigos, muitas vezes dava a impressão que procurava briga. Cutucava jornalistas, juízes e — sobretudo — políticos. Quando Palocci passou a delatar o PT virou Antonio Pulhocci, José Serra — um dos mais criticados — era Zé Cerra. Paulinho da Força virou Paulinho da Farsa e Armínio Fraga, Armínio Naufraga.

Michel Temer começou como traíra, ao sentar-se na cadeira de Dilma virou Michel Treme.

Implicava com as gravatas pretas de Sergio Moro e com o português confuso do então juiz da Lava Jato, que ele chamava de República de Curitiba. Não perdoava os deslizes que o futuro ministro da Justiça de Bolsonaro fazia com sobre e sob, com câmera e câmara. Chamava o juiz de Cachalote, uma baleia de boca funda, gulosa e que adora mastigar lulas.

Mesmo ex-colegas de redação não gostaram de alguns comentários de Paulo Henrique, que acabou processado por eles.

Com prós e contras, o comentarista, blogueiro e provocador conquistou milhares de seguidores, mas eu sempre admirei o repórter de texto agudo, livre de adjetivos e repleto de informação. A narração era o mais marcante. Sim, porque você podia não gostar, mas reconhecia a voz e o jeito de falar do Paulo.

Ele olhava o texto e escolhia algumas palavras. Saboreava as mais sonoras. Numa notícia sobre um grupo de jovens que se perdeu em Paranapiacaba, Paulo repetia o nome da cidade, separando as sílabas e dando ênfase ao nome. Ninguém esquecia que o caso era em Paranapiacaba. Até hoje, lembro de uma reportagem sobre pesquisas com Betacaroteno – que dá cor às cenouras e mangas – e só me recordo, mais de 20 anos depois, pelo jeito de narrar, valorizando o BE-TA-CA-RO-TE-NO. Paulo sabia que era uma palavra nova, que precisava ser memorizada pelo público e fazia a parte dele.

Tinha mais no "jeito Paulo" de escrever.

"Gerúndio nunca. Telejornalismo precisava de urgência. Então, melhor dizer que o presidente fala agora com o ministro do que o presidente está falando". Está almoçando? Não, almoça e assim por diante.

Era permitido, sim, repetir palavras. "Melhor falar carro duas ou três vezes do que substituir por veículo ou automóvel. Quem fala assim no dia a dia? E o jornalista de TV precisava falar como se conversasse com o espectador."

"A próxima reportagem sempre pode ser melhor. Mesmo que a de hoje tenha sido perfeita, vão surgir atualizações, novidades."

Paulo Henrique era carioca do subúrbio, amava o Fluminense das Laranjeiras e o Salgueiro da Tijuca. Se acostumou com a vida em São Paulo, difícil para ele eram os eleitores tucanos. Nunca entendi porque o PSDB era mais criticado que os outros partidos. Bastava ver um tucano e PHA afiava o bico.

Tive a chance de conhecê-lo. De leitor e espectador me transformei em colega e depois amigo.

Sabia da fama de jornalista rigoroso e exigente, mas o PHA que eu encontrava quase todo dia na redação era uma figura divertida, de boa conversa. O senhor sério, que aparecia sempre de terno e gravata, ia ao trabalho de bermuda, camisa polo e sapato sem meia.

As palavras entravam por um ouvido e não saíam pelo outro, ficavam guardadas na memória privilegiada. Era um papo tão bom que eu me preparava. Lia o Blog Conversa Afiada – ele ficava muito orgulhoso quando descobria um leitor – e adiantava o trabalho para estar livre quando ele chegasse. Passei muitas tardes aprendendo e, sobretudo, me divertindo com as histórias de quem tinha mais de 50 anos de jornalismo.

Uma delas faz parte de um dos livros dele, O Quarto Poder, que reproduzo.

"Demitido do Jornal do Brasil, fui para a TV Manchete, que acabava de nascer, para a TV Globo, Bandeirantes, TV Cultura e TV Record.

Só não fui para o Sílvio Santos.

Uma tarde, no meio de nove meses de desemprego depois de sair da Bandeirantes, recebi um telefonema de Hebe Camargo, com quem sempre mantive relações afetuosas.

— Paulo Henrique, eu estou aqui na sala do Sílvio. Estou dizendo a ele que você deveria vir para cá. Você toparia?

— Claro, Hebe, muito obrigado. Estou desempregado.

— Viu, Sílvio, ele topa! Fala com ele, Sílvio.

Vem Sílvio ao telefone.

— Olá, Paulo Henrique. Eu gosto do seu trabalho. Muito mesmo. Mas, eu gosto do seu trabalho, na televisão dos outros."

Paulo brincava com o "desconvite" como também se divertia com a própria impaciência ao se denominar "O Ansioso Blogueiro". Ele não suportava esperar pelo elevador, imaginem pela notícia.

Eu já tinha saído da empresa quando nos encontramos por acaso e bebemos caipirinha. O garçom se chamava Damião e Paulo se deliciou com a coincidência dos nomes. Não é todo dia que se pode abraçar ao mesmo tempo o Cosme e o Damião, disse já pedindo uma foto.

No dia 10 de julho de 2019, aos 76 anos, Paulo teve um infarto, morreu na cidade onde nasceu, ao lado da mulher amada, a Geórgia. Colegas contaram que ele estava triste porque foi afastado do programa que apresentava por pressão do governo Bolsonaro, que não suportava a metralhadora de críticas de Paulo.

Na missa de sétimo dia, vi petistas históricos, novos e velhos jornalistas, blogueiros; percebi também leitores, espectadores, gente que esperava pelo "Boa Noite e Boa Sorte" do PHA para só então se despedir do domingo.

Dos momentos que passamos juntos, guardo ei um.

Preocupada com a baixa audiência entre os cariocas, a TV em que trabalhávamos organizou uma grande cobertura do Pan Americano de 2007, disputado no Rio.

Antes mesmo das competições começarem, a equipe foi convidada para uma festa na Mangueira. Uma honra para todos nós conhecer a Escola de Cartola, Nelson Cavaquinho e tantos mestres.

O presidente da Escola pediu que Paulo Henrique fizesse um discurso. De chapéu de palha, ele subiu os degraus ainda surpreso. Sabia que não podia se alongar. Em apenas dezesseis segundos destacou a importância da TV para o samba; da grandeza da cidade e do esplendor da Verde e Rosa. O povo aplaudiu e o samba voltou.

"Me leva que eu vou,

Sonho meu

Atrás da Verde e Rosa

Só não vai quem já morreu."

Falar da morte no trecho final de um obituário é falta de sensibilidade? Paulo tinha certeza que não. Se o refrão era esse, não havia o que discutir.

Mas se pudesse ler sobre o próprio obituário, o ansioso blogueiro sentenciaria: palavras demais e informação de menos, os problemas do texto são.

BEM AMADO

— Já ou ainda?

Essas, as primeiras palavras do Octávio Tostes ao pisar na redação e tirar a mochila pesada das costas. Torcia pelo "ainda" de *ainda não começou a reunião*. O "já" seria o *já acabou a reunião*. E a tal reunião era o primeiro compromisso dos editores, que entravam à uma da tarde. Octávio não queria começar o dia errado, mas vinha de longe. Vinha do mar.

Jornalista e surfista. Fissurado, como dizem, saía de madrugada do apartamento em São Paulo para brincar nas ondas salgadas do pedaço mais próximo do Atlântico. Subia na prancha e por algumas horas era o homem mais feliz do mundo, envelopado na roupa sintética que protegia da água gelada.

Aos cinquenta e tantos tinha descoberto o esporte. Malhou, teve aulas, treinou bastante e provava com fotos e vídeos que levava jeito. Tomava banho, engolia um sanduba e acelerava o velho Corsa que, ofegante, vencia a serra do mar, de curvas, caminhões, radares. O tempo de Santos à Barra Funda era um enigma. Octávio nunca sabia a que horas ia encostar o crachá na catraca da TV. Por isso, o "ainda" era saudado com a mais entusiasmada gargalhada do Jornalismo brasileiro.

Que gargalhada, senhoras e senhores. Tinha volume, extensão e potência. Ao final, Octávio murmurava: ai, ai, ai, ai. Eram segundos de um respiro, fôlego necessário para emendar uma segunda gargalhada ainda mais escandalosa. Dependendo da hora e lugar, um boteco, por exemplo, ele repetia o ai, ai, ai, ai e, oxigenado em peito e pulmões, explodia novamente. Nas performances mais prolongadas, tirava os óculos para enxugar as lágrimas. Nunca vi uma pessoa indiferente àquela estrondorosa gargalhada.

Octávio sempre foi bom de trocadilhos, conhecia lendas divertidas, enfim tinha repertório e sabia usar. Porém, o combustível da gargalhada coletiva não era nenhuma dessas histórias, mas a própria gargalhada. Esfuziante, estrepitosa e muitos outros adjetivos. Era dela que a gente ria. Uma redação inteira, como a plateia de um teatro.

Curioso é que Octávio, desde jovem, foi sério, retraído, quase triste. Sempre acreditei que o riso solto era disfarce para a amargura dos olhos castanhos, que a gente via por trás das lentes, tantas vezes embaçadas por suor ou descaso.

Conheci o motoqueiro cabeludo no meio dos anos 1990, na TV Cultura. Ainda tímido na redação nova, só exibia a gargalhada em momentos especiais e sem repetecos. Texto muito bom, conhecimento acima da média, disposição para trabalhar, admirei o cabra antes mesmo de conhecer.

Numa carona na Parati azul, que ele usava quando não estava na moto, comecei a entender. Não era bem melancolia, era culpa o que angustiava Octávio.

Na primeira eleição direta para presidente que o Brasil experimentava depois da ditadura, Octávio foi escalado para editar a reportagem do principal telejornal do país sobre o último debate da campanha. O ano era o de 1989, Collor e Lula estavam empatados. O telejornal da hora do almoço apresentara um resumo considerado equilibrado. A orientação que Octávio recebeu foi clara: "siga o mesmo caminho, mantenha as falas dos candidatos, apenas diminua um pouco o tempo."

Ele obedeceu e quando estava perto do fim, outro chefe entrou na ilha de edição e ordenou mudanças. A orientação teria passado a ser: mostrar o melhor de Collor e o pior de Lula. O chefe, acompanhado de um diretor, entrou na ilha. Os dois fizeram o serviço, Octávio assistiu e obedeceu, era isso ou pedir demissão.

Dias depois, Collor estava eleito.

Apesar de Octávio não ter tomado a decisão, nas redações o boato foi que ele, sim, tinha editado e escolhido os trechos dos candidatos. As fake news ainda não tinham esse nome, mas já eram devastadoras. Perfeccionista, responsável, sensível, Octávio sofreu com o patrulhamento e veio para São Paulo.

A emissora admitiu o erro anos depois e em um livro comemorativo publicou o esclarecimento do Octávio, que contou o que aconteceu. Mais: foi gravado um depoimento em vídeo em que Octávio, de novo, apresentou sua versão em detalhes. Funcionou.

Aos poucos, as toneladas que meu amigo carregava nas costas foram diminuindo.

Ao invés de ser "o cara do debate", Octávio Tostes passou a ser "o cara bom de texto", "o cara divertido", "o cara que ensina aos mais jovens". Bonito perceber um jornalista íntegro, se recuperar e se afirmar, com suas virtudes e defeitos.

Nos últimos anos, se encantou com a yoga, fez pós em psicanálise e – Junguiano – já atendia dois pacientes à distância. Inquieto, surpreendia também com a cabeleira densa que de vez em quando desaparecia, os óculos que mudavam, o peso que subia e descia.

Nada vaidoso, tinha poucas roupas e um ou outro blazer para ocasiões especiais, guardado no armário do quarto e sala em que morava sozinho.

A estética que interessava era a das palavras. Mancheteiro afiado, saboreava a métrica, a sonoridade das sílabas em frases curtas. Era íntimo da gramática, brincava com hifens, flertava com as crases, flanava com verbos, concordâncias e circunflexos. Sentia saudades do trema.

Guardava um olhar para as colegas: comentários certeiros, de quem prestava atenção. Octávio jamais diria: "você está bonita," ou "você está bem vestida." Ele percebia o lenço novo, a cor diferente do esmalte, a mudança na maquiagem e acrescentava durante um momento tranquilo do dia: "achei que combinou bem com a saia", "ficou legal com a bolsa". Não para seduzir ou se insinuar, apenas porque acreditava no poder de um elogio sincero. Era o jeito dele.

Quando recebeu o resultado dos exames no coração, pediu férias para se tratar. Não teve tempo. O infarto veio num sábado, 31 de outubro de 2020. Octávio morreu diante do computador.

Trabalhando em emissoras diferentes, falávamos pouco e escrevíamos muito. Em meu celular lá estão nossas últimas 317 mensagens trocadas. Leio todas agora.

Octávio me mandava as crônicas que publicava num pequeno jornal de Miracema, interior do Rio de Janeiro. Prosa leve que misturava memórias e fatos atuais.

As mensagens falavam do desafio de ser psicanalista, do desejo de viver perto do mar, ao lado da mulher que amava, a Marina. Mar e Marina, a cara do Octávio, o gancho para um verso ou trocadilho. Que saudade!

Compartilhava críticas de livros e filmes, podcasts; me perguntava da política, do futebol, do amor. Reclamava do salário, do plano de saúde, do IPVA.

Meu amigo mandava fotos, muitas foto, do surfe em Santos, do fim de um dia qualquer em Copacabana, da viagem a Portugal. Um homem feliz, se descobrindo aos 62 anos. Queria mais, o Octávio.

O vídeo mais emocionante é o do dia do aniversário, presente da Marina. Sinto o orgulho do Octávio em mostrar como era amado. Irmãos, sobrinhos, afilhados, primas, um amigo distante, outro bem próximo, um bebê, um dálmata. Todos declaram amor, amizade, admiração.

Com a música Meu Caro Amigo, de Chico Buarque, como trilha sonora, uma gente bonita manda recados e canta parabéns, com vela e viola, no melhor e sincero carioquês. Marina, com um lindo sorriso, diz assim:

Tatá, um dia muito especial para você. Eu adoraria estar aí do seu lado, mas não tá dando. Então eu resolvi fazer esse vídeo para você. Espero que você curta. Daqui a pouco a gente se fala, mas eu te desejo um ano de mudanças boas, inclusive aqui pro Rio, né? E pra dizer que eu gosto muito de você e que eu queria estar do seu lado. Um beijo grande.

Aposto que se você conhecesse, também ia se encantar com o Octávio Tostes.

O SORRISO DO DINIZ

O silêncio da mesa vazia e a tentação da garrafa ainda cheia me perguntaram: quem toparia dividir aquele almoço? Lá pelas bandas da Tijuca, perto do morro do Borel, o Diniz era a resposta certa. Bom de garfo e de copo, jamais abandonou carne no espeto, cerveja na garrafa, conversa no meio.

É verdade que havia outras companhias, até mais próximas, mas foi no Diniz que pensei. Meu amigo brincalhão já estaria com o cigarro aceso, enfumaçando a casa toda e só então perguntando se podia fumar. Foi ele que vi abrindo a geladeira e as panelas. Foi a gargalhada dele que escutei. Não sei por que, mas foi.

Fantasiei, também que ali na sala, meu amigo palitaria os dentes e afrouxaria os cadarços do sapato. Pouco importava o lugar ou a hora, Diniz estava sempre à vontade.

Naquele domingo, do outono de 2020, depois do almoço solitário, liguei para ele com saudade. O telefone tocou, uma, duas, muitas vezes. Mandei mensagem.

Fala meu centro avante preferido. Saiu da área? Onde você está nesses dias de isolamento, foi para Valença? Quero saber de ti, da saúde, da vida de aposentado, da namorada, já aprendeu a jogar sinuca? Você está na Muda? Me conta, é perto de onde o Aldir Blanc morava? Desembucha.

Duas semanas depois, outros telefonemas inúteis e nova mensagem.

Vascaíno, vascaíno, tá bravo porque foi eliminado? Atende, vai. E aí, têm visto a galera do tempo do ginásio? Tá morando com seu filho? Tem conseguido ficar em casa?

Olho a foto do perfil do WhatsApp. Ele e o filho Leandro aparecem juntos. Os dois sem camisa. É provável que seja um fim de semana do verão carioca, talvez numa beira de piscina. Diniz está de óculos de sol de armação dourada, um cordão de ouro, cabelos bem penteados. Não vemos os dentes, mas percebemos que ele segura o sorriso, como se brincasse com o fotógrafo. Ou foi a câmera que perdeu o sorriso num milésimo de segundo? Não dá para saber.

Leandro, de cavanhaque e bigode, não se contém e os cantos da boca se aproximam das orelhas. Orgulho do paizão, o doutor Leandro é um dentista de dentes brancos e bem alinhados. Pai e filho felizes, tranquilos, unidos. Percebo que meu amigo, com 60, está parecido com o pai dele, seu Ivan, que já se despediu há alguns anos. Gostaria de saber um pouco mais sobre essa foto, queria perguntar a ele como e onde foi tirada. Por quem?

Dois dias depois entendo o silêncio. A mensagem de áudio, de 1 minuto e 16 segundos, vem de um amigo em comum, o Antônio. Era noite.

Cosme, tudo bem? Faz tempo que todo mundo liga e ninguém acha o Diniz. Agora ficou esclarecido. Nosso amigo Diniz pegou Covid. Pegou Covid e foi internado. Pegou Covid, foi internado e... morreu. Diniz faleceu, cara. Faleceu. Faleceu de Covid. E isso já tem dois meses e ninguém soube de nada. Minha filha conhece o filho dele. Eu falei com o Leandro e ele me confirmou: o Muniz faleceu. Faleceu. Faleceu, cara.

Ouço de novo. Presto atenção às repetições. Antônio se esforça para chegar ao fim da mensagem e evita a palavra morte. É como se o verbo falecer atenuasse a perda do nosso amigo.

Diniz nasceu Renato Diniz Laje. Filho do Ivan e da Maria Clara, irmão do Ricardo, morou mais de 20 anos numa vila de casas, na rua dos Araújos, na Tijuca, perto do morro do Salgueiro.

Em março de 1972, éramos duas crianças, ele com 11 e eu com 10 anos. Para mim uma revolução, escola nova, bairro diferente, outros colegas e professores. Nada era mais como antes, nada era mais importante do que conquistar aquela terra estrangeira e Diniz era o meu novo amigo. O meu melhor novo amigo.

Já nos primeiros dias, ele me ensinou um slogan que quanto mais os professores odiavam, mais os alunos repetiam: "Instituto La-Fayette: entra burro, sai pivete."

Como havia repetido o ano anterior, meu amigo conhecia os atalhos daquela escola ainda agreste para mim. Com ele descobri o armário do vestiário que tinha chave, o sanduíche mais gostoso da cantina, o horário em que a quadra estava livre dos marmanjos.

Diniz já exibia corpo de homem, era alto, forte e bom de briga. Para mim, baixinho e com medo de apanhar, ele era também meu segurança em meio a tanta gente estranha. Um dia, me alertou: "cachorro que late não morde, o cara te ameaçou? Olha firme para ele que o malandro medra. Se for maior que você e te bater, dá um chute no saco e sai correndo. Só não pode é apanhar e voltar chorando. Se eu estiver por perto, me chama."

Em troca, mas achando a dívida impagável, eu oferecia minha casa para estudarmos na época das provas. Minha mãe fazia cachorro-quente com Nescau e a gente tentava entender aquelas equações, regências de verbo e fórmulas.

O Diniz se sentia tão bem lá em casa que ia ficando, ficando. Aos poucos, conquistou meus dois irmãos, minha mãe e meu pai, que também nos ajudava no estudo. Meu amigo só voltava para casa depois da novela das sete.

Diniz acendeu cedo os primeiros cigarros. Um dia, pegou carona com meu pai e viu no painel da Belina o maço ainda fechado de Carlton. Sem noção do perigo, foi abrindo a embalagem e tirando o cigarro enquanto consultava, com mais intimidade do que a boa educação permitia naqueles tempos.

— Edgar, vou fumar um desses, tudo bem?

— Não! Não vai e não tá tudo bem! Quer fumar sustenta o vício!

O mundo parou, Diniz ficou petrificado e pálido com o cigarro na boca e o isqueiro aceso.

No banco de trás, senti vergonha e raiva do meu pai. Porém, era preciso reconhecer: chamar os mais velhos pelo nome, abrir o maço fechado e esquecer do "por favor" eram falhas gravíssimas.

Os dois se olharam e após quatro intermináveis segundos explodiram numa gargalhada.

Diniz tinha passado no teste.

Houve outros testes. Na sétima série, numa prova de Biologia, a resposta para a pergunta sobre o nome do sistema de reprodução das células era Bipartição ou Cissiparidade. Meu amigo pediu cola e eu sussurrei a resposta. Ele não se satisfez e me perguntou, como se o professor não estivesse na sala:

— Bipartição é junto ou separado? Tem aquele tracinho no meio? Cissiparidade é com C ou com S? Qual vem primeiro?

Eu não sabia se ria ou se chorava. O professor não viu, ou não quis ver, e ele passou direto. Nem burro, nem pivete.

Tínhamos outros quase irmãos no La-Fayette, que não era um colégio, era o nosso mundo. Nenhum de nós escolhia amigos pela conta bancária, pelo partido político ou pelo endereço. A gente se amava como só os adolescentes são capazes de se amar. E era isso que importava, até na hora de montar o time de futebol.

Na equipe da oitava 2, Diniz era o maior e mais forte. Aos 15 anos já tinha 1,80 e quase 90 quilos. Canhoto, virou nosso principal atacante, mas quando Lucia chegava à beira do campo, ele esquecia a bola. O namoro do gigante com a morena tímida de olhos verdes e saia curta foi além do La-Fayette, quase casaram.

O primeiro emprego, ainda antes da faculdade, foi de instrutor em autoescola, suficiente para comprar um Maverick branco usado e com rodas de magnésio. Eu puxava o banco para frente, ajeitava o retrovisor, ligava o toca-fitas e cometia incríveis barbeiragens. Radares e câmeras de trânsito só existiam nas histórias de ficção científica. Ele, no banco do carona e com a mão esquerda no freio manual, se preparava para o pior e, ao mesmo tempo, orientava: "bota a seta, pé macio na embreagem". De novo, meu amigo me protegia e me ensinava.

Com a coragem de vários chopes, nos arriscávamos nas madrugadas desertas. Uma vez, perto do estádio do Maracanã, eu alertei.

— Vai devagar. Você avançou dois sinais e está acelerando muito.

— Tá maluco? Quem está dirigindo é tu.

Era mesmo. Tive um branco por causa do excesso de álcool e levei um susto tão grande que a bebedeira até passou. A gente mantinha essa história em segredo. Ninguém acreditaria em tamanho absurdo.

De Vulcabrás preto, calça azul de tergal e camisa branca de manga curta com o emblema do colégio, a gente, nos tempos de menino, inventou uma brincadeira: no ponto de ônibus, na rua Haddock Lobo, ele esperava o 616, o Usina, e eu o 433, o Barão de Drummond.

Quando o meu passava primeiro eu dizia que ia ao próximo para não deixá-lo sozinho. Em seguida dobrava lá na esquina o 616, mas ele também não embarcava. Pura lealdade. Lá vinha um 433 e eu botava defeito.

— Tá cheio, é velho, é aquele motorista que dirige devagar. E assim, de pé, debaixo de sol quente e vendo o busão passar, a gente brincava com o tempo, que para nós sobrava.

Deixei o Rio de Janeiro e ele também mudou de vida. Com a idade descobrimos diferenças na política e em valores fundamentais para os dois. Não é fácil ouvir, entender e conviver com quem pensa diferente, mesmo quando se admira. Era o nosso caso e isso nos afastou. Muitas vezes acreditei que nossa amizade havia terminado. A gente não tinha mais assunto. Só nos restava o passado.

Isso era o que eu pensava e pensava errado, porque acima de convicções havia o jeito do Diniz e ele não desistia dos amigos. Reencontrou Alexandre, Antônio, Rafael, Luiz, Joaquim, Eduardo e também a mim. O boa praça colocou todos em contato com todos e depois formou um grupo de WhatsApp: O Galera do La-Fayette. Confesso que eu ainda implicava com algumas posições do grupo e fiquei na minha. E o Diniz jamais reclamou. Como sempre, estava à vontade e me deixava à vontade.

Todos perceberam o excesso de peso do festeiro, que nunca foi magro e nos últimos anos perdera o controle. A explicação para a obesidade talvez fosse a dolorosa doença da mulher, que morrera há alguns anos com câncer, a falta da mãe que também se foi com mais de 90 anos, ou por alguma outra tristeza que o fazia comer demais e se exercitar de menos. Nos últimos tempos, era difícil para ele dar alguns passos sem ficar ofegante. Diminuía a caminhada enquanto aumentava os cigarros e as doses de uísque.

Na noite em que recebi a notícia da morte, só conseguia imaginar o luto sufocado, o abandono de meu amigo numa UTI, o enterro sem velório. A tristeza aumentou quando pensei nos tantos abraços adiados e agora tão sentidos.

Já era madrugada e apaguei a luz para enxergar a solidão. O Diniz estava ali, na tela do celular, de óculos de sol com armação dourada, cordão de ouro, bem penteado, controlando o sorriso. Foi a nossa despedida.

JOÃO PAULADA

Véspera da véspera do Natal e as reportagens de sempre. As compras de última hora, o congestionamento nas estradas, o preço do peru. Mas naquela redação, a notícia impactante era outra. O 23/12/2019 tinha sido o último dia do João, o João Paulada.

O coração já vinha cansado e parou de vez. Notícia que também apertou o peito dos jornalistas mais antigos daquela TV, gente que conviveu e não esqueceu do João.

Mas afinal quem foi esse homem de 89 natais?

A mensagem escrita antes da confirmação da morte, no correio interno da redação, pelo Waltinho, o Walter Mesquita, fiel amigo do João, ajuda explicar.

"*Pessoal,*

A filha do seu João Paulada avisa que ele está muito mal na UTI do Hospital Santa Catarina.

A Unidade de Terapia Intensiva está liberada para visitas das 10h00 às 21h00 horas. Ele está com água no pulmão e muito fraquinho.

O Hospital fica na Av. Santa Catarina, 2785.

Para os mais novos, que não sabem quem é João Paulada, digo que ele foi muitas coisas aqui na Globo: motorista, ajudante, assistente, produtor informal, segurança e, principalmente, um ombro amigo que cuidava com carinho de todos nós. Paulada trabalhou na emissora por muitos anos, quando ela ainda funcionava na velha praça Marechal."

Conto mais e começo pelo apelido. João tinha sido atacante de chute forte e certeiro. Poucos goleiros aguentavam a paulada que balançava as redes naqueles campos de terra da pequena Itaporanga D'Ajuda. Batia bem com as duas e era titular. Brilhou também longe da cidade sergipana onde nasceu.

Em São Paulo, o João, já sem chuteiras, tinha estilo. Moreno forte, de testa larga, gostava de camisa com bolso para cigarro, isqueiro e pente; calça de tergal, sapatos bem engraxados, meia social. No verão, arriscava uma sandália franciscana.

Dos apresentadores famosos aos carpinteiros da cenografia, da direção da empresa aos colegas dos Recursos Humanos, todos conheciam o João; que também era íntimo do dono da farmácia, da mulher que vivia embaixo do Minhocão, da moça da lanchonete. Conhecia pelo nome as prostitutas, os garçons, o gerente do banco e muitos outros capitães da Marechal.

Foi por volta de 1975 — com o jornalismo amordaçado pela censura — que João ganhou o primeiro crachá da Globo. Chegou motorista e era só mais um João. Até alguém saber do passado nos campos sergipanos. A partir daí e por toda a vida João Paulada.

Ficou famosa a história que um poderoso diretor da empresa que resolveu em cima da hora fazer um churrasco no Rio com a carne do restaurante Bassi, de São Paulo, na época a melhor do Brasil.

João não se apertou, saiu cedo, comprou meia dúzia de picanhas, cruzou a Dutra e bem antes da hora do almoço estava na mansão do executivo. Fez a entrega, ganhou um abraço e acelerou de volta. Chegou a São Paulo antes da última picanha assar lá na Barra da Tijuca.

Com essas e tantas outras no currículo, foi promovido. Ganhou vaga, com mesa e cadeira na redação. Era o contínuo, o faz-tudo. E como fazia. "Fala com o João Paulada" passou a ser a frase mais repetida pelos jornalistas.

Sem descuidar das obrigações com a empresa, ele ajudava os colegas. Se um carro quebrava, seu João indicava o mecânico; se o sapato pedia meia sola, ele levava ao sapateiro; era assim também com quem precisasse de pintor de paredes, encanador, passeador de cachorro. Ele mesmo pechinchava o preço e trazia o troco. Ganhava agradecimentos e gorjetas. Aos mais avoados, lembrava:

— Já faz um ano que trocamos a pastilha de freio.

— Hoje é o último dia para parcelar o IPTU.

— A promoção de cerveja no Pão de Açúcar acaba amanhã.

Como escreveu o Waltinho, João Paulada não escolhia serviço e a gente brincava que se um dia o apresentador faltasse, ele podia sentar na bancada e dar as notícias do dia.

Já a notícia da mudança de endereço da empresa não teve graça nenhuma para ele. Em 1999, a emissora trocou o prédio acanhado da Marechal por uma torre reluzente e seus anexos na região da avenida Luiz Carlos Berrini.

Para o velho João, não era troca de bairro, era mudança de planeta.

João nunca se interessou por corretoras de valores, shopping centers, hotéis de luxo, os novos vizinhos da zona sul paulistana. Gostava dos ambulantes, dos brechós, do antigo casario, mesmo que decadente da Marechal. E dos aromas? João se deliciava com o cheiro da pizza quentinha da padaria e da carne de sol com manteiga de garrafa, vendida na casa do norte, ali pertinho.

João não só vivia e trabalhava na Marechal, ele era a Marechal. No bairro novo não se via casal de namorados, gente com cachorro, crianças não corriam para a escola. A resposta para tantas ausências é que quase ninguém morava ou mora ali. Berrini é endereço de ganhar dinheiro.

Em alguns meses ele se despediu da redação. Saiu admirado pelos amigos e animado com a indenização.

Soube que ele estava doente e fui visitá-lo. Diante do homem muito magro e sonolento me assustei. Levei uma camisa polo azul-marinho de presente para ver se alegrava o amigo, mas João pouco falava. Deu medo ver tanto desânimo.

Duas semanas depois, a filha me contou que o pai tinha melhorado e voltei para vê-lo. De banho tomado, penteado e barbeado, me recebeu com uma atitude típica do João: vestia a camisa que eu tinha dado. Ele mesmo havia suspendido os remédios e sentia-se mais forte. Ofereceu cerveja e amendoim, bem acomodado na sala do apartamento que dava de frente para o Minhocão e de mãos dadas com a mulher, a dona Alda.

Só voltei a encontrar João na véspera da véspera. Naquela segunda-feira fria e de chuva forte, conheci no velório os outros quatro filhos, vi também sobrinhos e netos.

Dona Valdete, 97 anos, a irmã mais velha, verdadeira professora do João, me sussurrou, já a caminho do crematório da Vila Alpina: "não estava preparada para me despedir tão cedo do meu menino."

Nem a gente, dona Valdete.

CAVALO E FOCA

— Trabalharás mais que um cavalo e ganharás menos que uma égua.

A profecia do veterano jornalista chegou como um coice. O primeiro emprego não era um trabalho qualquer, mas um desejo apaixonado de participar das transmissões de rádio. Talvez pessimista ou apenas realista, o alerta do homem de volumoso bigode branco foi claro, "depois não diga que não avisei". Com a sorte dos inexperientes, escapei do coice e estreei nas Ondas Médias.

Chegava aos sábados, domingos e feriados antes do meio-dia, mal conseguia almoçar e só ia embora à noite. Tinha batente também às segundas, quintas e sextas. O ônibus de volta para casa partia à meia-noite.

O salário era metade da metade do mínimo. O agrado, uma fatia de presunto com maionese no pão de forma e coca cola. Ele frio, ela morna.

Meu desafio? Me aventurar num velho mundo novo, o mundo das corridas de cavalo. O hipódromo, onde os animais correm e os turfistas torcem, não é lugar de curiosos ou indecisos. Ninguém gosta mais ou menos de turfe. Ou ama, ou ignora.

Padoque. Cânter. Stud. Bridão. Ferrageamento. Forfait. Placê. Essas eram algumas palavras repetidas pelos grisalhos frequentadores do Jockey Club brasileiro com seus binóculos de longo alcance pendurados no pescoço.

Decifrar o que se dizia naquelas tribunas e arquibancadas passou a ser o meu tormento. Porém, nada foi tão enigmático quanto ouvir um senhor de bengala dizer aos outros apostadores que botava fé naquela égua porque ela era gramática. Gramática?

Meu Deus, será que esses animais também escrevem? Ou leem? Pensei com a sensação de quem percebe, já no meio da viagem, que entrou no ônibus errado. Um ônibus errado e lotado.

— Calma, garoto, animal gramático é aquele que corre mais na pista de grama, explicou com naturalidade um colega da equipe, como se dissesse que depois da tarde vem a noite.

Bem que o bigodudo advertiu: alazões, tordilhos ou castanhos corriam um páreo de dois minutos e voltavam em busca de sombra e capim fresco. Depois, no escurinho da cocheira, alguns, de tão mimados, só dormiam com música clássica.

Como tantos jornalistas iniciantes, compensava o desconhecimento com esforço. Suava em busca de entrevistas, calculava o rateio de favoritos e azarões; também apurava o peso dos animais e — acredite — verificava até se a ferradura era de alumínio ou de ferro, sem falar dos que corriam desferrados. Descalços, como tantos anônimos da São Silvestre.

A angústia só diminuiu quando o mesmo bigodudo do início da nossa história me explicou a diferença entre as corridas de cavalo e os cavalos de corrida.

As primeiras atraíam malandros e bookmakers que bancavam as apostas nos pontos de bicho; já os apaixonados pelo turfe e seus cavalos de corrida se encantavam com o porte dos animais e a técnica de quem montava e treinava máquinas de velocidade, capazes de chegar a setenta quilômetros por hora na final.

Um era jogo, o outro esporte. Dinheiro suspeito de um lado, genialidade de outro. Foi fácil escolher o segundo, inclusive porque a ajuda de custo não permitia grandes riscos.

Esse novo olhar me levou a enxergar não "um", mas "o" cavalo. A revelação chegou coberta de lama. Segunda-feira de chuva, arquibancada vazia e um páreo noturno para estreantes. Na partida, o potro que ficou para trás, logo recuperou terreno e ultrapassou os rivais como se galopasse numa fazenda. Na final daquele oitavo páreo, do dia dezenove de outubro de 1986, Itajara acelerou ainda mais e na pista de areia encharcada venceu com o estilo dos campeões. Quase não deu para ver o segundo colocado.

Saí da cabine e fui ao guichê receber a pule premiada. É, eu, um foca, tinha interrompido por alguns minutos o trabalho para uma raríssima aposta. Escolhi Itajara pelo número 3, mas sobretudo pelo nome: Itajara, o Senhor das Pedras, em Tupi Guarani.

Naquela noite de raios e trovões nasceram um ídolo e um fã.

Na segunda e terceira corridas aumentaram as distâncias e o número de adversários, o resultado não. Itajara deixou todos para trás com mais facilidade ainda.

Quarto páreo, quarta vitória. Ernani Pires Ferreira, o locutor oficial do Jockey Club narrou assim a atropelada do foguete de pelo castanho e 400 quilos de músculos:

Itajara, abre dois corpos de vantagem, três, quatro... abre dez. Inacreditáveis dez, agora quiiinze corpos de vantagem. Vinte. Um assombro, o extraordinário Itajara tem um dia inteiro de vantagem. E cruuuza a linha de chegada.

Final do quinto páreo disputado entre os melhores cavalos e éguas do país na pista de grama.

É um suuuuper cavalo, um monstro. Ainda faltam duzentos metros e ele já ganhou. Firme, fácil, Itajara passeia na pista de grama do hipódromo da Gávea. Abriu um boqueirão de vantagem. É o magnífico I-ta-ja-ra.

O comentarista Sergio Rezende, o professor Rezende, completou mais ou menos assim.

— Itajara não escolhe pista nem hora; seja na areia ou na grama, de dia ou de noite, com chuva ou com sol, ele arrasa os adversários. Não tenho medo de afirmar: está aqui, diante de nós, o maior velocista do Brasil e um dos grandes do turfe mundial.

Pelo jeito único de correr, Itajara conquistou torcedores. Ainda não havia selfies, mas crianças, jovens e adultos faziam fila para tirar fotografias perto do Senhor das Pedras, que já se tornara o Senhor das Pistas. Até os jornais, sempre econômicos no noticiário do turfe, destacavam as proezas do vencedor.

Sete páreos, sete vitórias. Sete vezes apostei. Sete vezes ganhei.

Itajara, um campeão invicto e cercado de euforia.

Porém, pouco antes do Grande Prêmio Brasil, a maior de todas as provas do turfe nacional e a provável consagração de Itajara, a pior notícia que poderia ser dada aos turfistas invadiu a cabine de transmissão. Aquela que nem o foca – sempre ávido por trabalho – gostaria de dar. E não deu mesmo.

A dimensão da catástrofe fez o locutor e chefe da equipe assumir o microfone.

Atenção. Acaba de ser confirmado que o cavalo-sensação Itajara não poderá mais correr. O animal teve uma grave contusão e não participará mais das competições. Vou repetir:

Itajara sofreu grave lesão e não corre mais. Vamos agora ao estúdio para o recado dos nossos patrocinadores e a boa música selecionada por José Matias.

As informações não paravam de chegar. Itajara havia sofrido distensão nos tendões e estava em observação. Ainda foram feitas tentativas, novos exames, tudo em vão.

A aposentadoria forçada no auge da carreira transformou a vida do fenômeno, que estreou como reprodutor. Filho de um francês, Felício, e de uma brasileira, Apple Honey, passava os dias cobrindo éguas estrangeiras, que faziam longas viagens apenas para um rápido encontro com o castanhão boa pinta.

Como se tivéssemos combinado, bastou que Itajara deixasse as pistas para eu me despedir da cabine de transmissão. No espaço de dois meses, ambos demos adeus à arena.

Ganhando o suficiente para não depender do sanduíche de presunto com maionese, me tornei repórter de uma TV em Bauru. Quando soube que o velho amigo relinchava ali por perto, vibrei. Meu entusiasmo convenceu a chefe de redação, que liberou a viagem até Rio Claro para uma reportagem sobre a nova vida do craque no remanso do Haras.

Itajara estava diferente, livre de arreios, rédeas, selas. O pelo, cor de chocolate, brilhava ainda mais, o campeão permanecia forte, muito alto e tranquilo, com a paz de quem não precisava mais suportar o peso de um jóquei e nem se exibir para a multidão barulhenta. Nos novos tempos, comia, dormia e namorava sem limites. Adaptação perfeita à vida no campo, garantiu o cavalariço.

O agora reprodutor continuava a me dar sorte, a reportagem foi exibida para todo o Brasil e encerrou o Globo Esporte com o galope nas verdes planícies e a audiência nas nuvens.

Corredor ou garanhão, o puro-sangue inglês Itajara ainda era um sucesso.

Seis anos depois, a bambeira, uma doença infectocontagiosa e muito agressiva, derrotou o cavalo invencível, que estava na Argentina. Aos onze anos, se despediu com uma herança colossal: 22 potros e potrancas, sempre anunciados como "os filhos do Itajara".

Comemorei a estreia, chorei a despedida e até hoje nunca duvidei: o mais carismático entre os nossos campeões da velocidade não foi o nadador César Ciello; não foi o piloto Ayrton Senna; não foi o maratonista Vanderlei Cordeiro de Lima. O dono do título é aquele senhor de quatro patas e olhar sisudo, que por pouco não saiu voando da pista de grama do hipódromo da Gávea.

CAÇADORES

Chico e Dora chegaram numa tarde molhada. Estavam em fase de crescimento, e a comer bem e dormir com folga logo espicharam.

Ele estufou o peito e engrossou as pernas. Musculoso e narciso, desfilava como um levantador de peso. Em pouco tempo, Chico já era Chicão. Ela, mais discreta e delicada, virou Dorinha, porque nem esticou tanto assim.

Os dois viviam grudados. No verão nadavam. Quando esfriava, investiam horas em conversas sussurradas e fosse qual fosse a temperatura, namoravam sem parar. Já eram maduros quando o comportamento mudou.

Dorinha se aquietou, acordava cedo, em silêncio. Sempre sentada, mal comia. Chicão, ainda mais parrudo, se exibia, viril e destemido. Algo havia acontecido: um eufórico e faminto, outra preocupada e deprimida.

O mistério pouco durou e a família, que acolhera o casal, se encantou. No pequenino lago barrento da chácara, Dorinha desfilava com os oito patinhos que havia chocado com amor e concentração. A ninhada loira seguia a mamãe em fila indiana.

Como já nascem sabendo nadar? O casal urbano se perguntava, ainda a desvendar os segredos da vida rural.

Dias depois, a dúvida: se ontem eram oito, por que agora apenas seis apareciam para passear? Dorinha se mostrava cabisbaixa, e Chicão, que já voava mais de metro, não bateu asas nem mergulhou.

O que era ruim ficou pior, no dia seguinte os seis já eram quatro. O casal pediu socorro ao povo da terra. Havia ladrão por ali. Pesadelo de cidade naquele lugarejo tão pacato? A oferta de ajuda partiu de um vizinho, um homem da roça.

— Não é roubo, não.

— Ué?

— Tive "ideiando" aqui pra nós dá um fim nesse problema.

— Como assim, seu Dito?

Seu Dito, o Benedito Gomes, jardineiro, pedreiro e caçador, pediu licença e adentrou. Viu o cercado dos bichos, buscou pegadas, olhou as árvores de alto a baixo, cheirou uma moita, levantou o chapéu de palha e decretou:

— É o danado do gambá.

— Aquele peludo, com fama de fedorento?

Benedito até se encostou no ipê-amarelo.

— Esse mesmo. Ele vem aqui em silêncio, atrai os filhotes no meio da noite só com o olhar e glupt. Engole. O bote é certeiro.

O casal se olhou.

— Os pais não se metem se não também morrem. Gambá come mais que cachorro. E uma carninha macia assim...

Aquele jeito de falar, quase excitado, que esmiuçava detalhes do ataque cruel, assustava mais que o gambá.

— O bicho tem dente afiado, estraçalha os ossos. Acrescentou com os olhos brilhantes.

O casal interrompeu, falando ao mesmo tempo, já incomodado.

— E o que faremos?

— Se inté depois de amanhã a gente não tomar providência sua criação acaba.

— E?

— Nós vamos pegar o bicho. Já cacei fera mais perigosa.

— Você tem armadilha?

— Não. Gambá se caça de outro jeito. O cumpadre me dá um prato fundo, o maior que tiver, e uma cachaça forte, que cheira longe. É disso que ele gosta.

Só então, ele, que sempre se achou bom de copo e conhecedor de botecos, entendeu a frase célebre: "bêbado como um gambá". Tantos anos de barriga no balcão não foram capazes de transmitir a sabedoria de Benedito, que em uma frase esclareceu o mistério. Bêbado como um gambá, repetiu para si mesmo.

Logo chegavam um litro de Velho Barreiro e um prato largo em que cabia o conteúdo de quatro conchas grandes. Benedito prometeu voltar quando o sol fosse embora.

Da janela, o casal viu o caçador, com uma lanterna presa no cinto, apontar no fim da tarde. Ele encheu o prato, a cinco metros do cercado dos patos, sentou no chão mastigando um pedaço gordura. Não tinha pressa.

No dia seguinte, Dorinha e os quatro filhotes deslizavam tranquilos na água fresca. Lá embaixo, restou o prato vazio. Sorridente, o caçador trouxe a boa nova.

— O bicho sentiu o bodum da pinga e até esqueceu o jantar.

— O que ele fez?

— Afundou a cabeça no prato e bebeu até desmaiar.

— Cadê ele?

— Ah, eu trouxe meu porrete.

— Não.

— Ué, eu disse que vinha caçar. Quando o bicho desmaiou, eu fiz o serviço que a gente combinou.

— Não, eu não combinei nada.

— O cumpadre achou que eu ia fazer o quê? Curar a ressaca do gambá? Peguei o porrete...

A mulher interferiu.

— Seu Benedito, por favor, sem detalhes. A gente só queria proteger os patos...

— Então a comadre e a pataiada podem dormir sossegados, que gambá não aparece mais.

Na semana seguinte, os quatro viraram três. Dessa vez, o detetive-caçador tinha outra pista a seguir.

— É Ratão do Banhado, arisco que só. Quando o rio enche, ele invade tudo que é criação. Tem mais fome e sede que gambá.

— Não! Também gosta de cachaça?

— É tudo pinguço, mas eu só venho se puder trazer o porrete. Serviço pela metade não é comigo.

O casal reforçou o cercado e deixou a natureza seguir seu rumo. Até que Chicão e Dorinha bateram recorde: dez ovos de uma vez só. O lago ficou cheio. Ela guiava os filhotes, orgulhosa. Ele abria o peito e grasnava forte.

Então, numa noite de lua cheia, o que houve foi massacre. A fera da escuridão matou quatro de uma vez.

— Acho que agora é filhote de onça, palpitou Dito.

O caçador foi chamado, dessa vez para ganhar presente: o casal de patos era dele. Com um debaixo de cada braço, ele "ideiou".

— Em vez de deixar nascer os filhotes vou vender os ovos. É santo remédio para bronquite e sossega os nervos.

Os antigos donos se perguntaram em silêncio: "por que a gente não pensou nisso também?"

O casal já era família. Trocou a chácara por um apartamento e o cercado de Chicão e Dorinha por dois berços, que os gêmeos, Paula e André, estavam para chegar.

Na mudança, levaram saudades de um casal romântico, lições de um caçador e uma garrafa de Velho Barreiro pela metade.

5.
ÁLBUM EM PRETO E BRANCO

DONA LIBERDADE

Isaura e Adelaide, nomes da moda, eram os preferidos. Olga já conquistara os votos de uma tia e de uma vizinha. Havia ainda Albertina, sempre bem vista. Se nascesse menino, Domingos, Abílio ou o moderno Rui tinham preferência. A lista crescia como a fila de palpiteiros. A decisão sobre o nome da criança que estava a caminho virou debate naquela família de tantos parentes.

Esqueceram, porém, de combinar com o destino e a filha de Marcelino e Antônia chegou adiantada naquela manhã de inverno. Os nomes não seriam para ela, no máximo para as irmãs e manos que viessem depois.

A bebê magrinha nasceu em 14 de julho, o dia da Revolução Francesa. Naquele Rio de 1907 a influência da terra de Napoleão era enorme. O pai, português e dono de pedreira, aproveitou o clima na cidade e, desprezando todas as sugestões, anunciou no cartório: em homenagem à liberdade, vai se chamar Libertária. Todos gostaram. Todos, menos ela. Quanto mais crescia, mais detestava.

Nome grande, dez letras, difícil de guardar, com um A muito aberto, Libertáaaaria...e o pior, volta e meia era confundido com Libertina. Que vulgaridade. A menina ouviu na escola sem entender direito nem o que era libertina e muito menos vulgaridade. Aos quinze anos, emburrada pelo insistente deboche na vizinhança, ordenou em casa e na rua.

— A partir de hoje quero que me chamem de Lili.

Lili moça. Lili mulher. Lili casada com o sargento João. Lili, mãe de Therezinha e de Sérgio. Lili avó de seis.

Dessa fase posso contar mais. Se alguém perguntasse para aquela meia dúzia de crianças quem era o neto preferido. Os seis levantariam a mão ao mesmo tempo. Esse era o segredo da Lili, tanto amor que a gente sempre se sentia em primeiro lugar.

Os seis netos se dividiam em dois grupos de três irmãos. Meu trio de primos era vizinho da Lili, mas eu e meus irmãos tínhamos outros privilégios. Uma vez por semana, lá vinha ela. Cortava a cidade e no sacolejo do ônibus, ia de Copacabana à distante Vila Isabel. Uma vovó bem disposta com seu precioso carregamento.

Num dia, balas de leite, depois brinquedos, livros coloridos, roupas, tudo brotava gostoso e cheiroso do fundo das bolsas. A gente prendia o ar, agarrava os embrulhos com laços de fita e cobria a Lili de carinho. Chupávamos gelo para brincar de beijo-sorvete, que ela tanto gostava. O único cuidado era para não desmanchar o penteado e nem se espetar em broches e brincos.

Nossa avó era elegante. Nossa avó era bonita. Nossa avó escovava o cabelo para ir à padaria. Combinava a cor da saia e da anágua com a do esmalte; a da bolsa com a do sapato; exibia meias que bronzeavam as pernas depiladas, um anel de pedra azul na mão direita e na esquerda as duas alianças de viúva.

Quarta-feira, o dia da visita, era o mais alegre da semana e a quinta, o da partida, o mais triste. Naquelas 24 horas, Lili tomava as lições, cantava, brincava; jogávamos dama, quebra-cabeças, bisca. À noite, depois da novela, que só podíamos assistir com ela, botava cada um para dormir. Naqueles minutos contava histórias da vida real temperadas com fantasia. O caso do tintureiro que trocou o vestido da freguesa, do bicheiro que fugiu da polícia e se escondeu na banca do Américo, do gato da dona Zélia que foi morar no poço do elevador e depois saiu sozinho para saborear leite morno com biscoitos amanteigados. Tudo ganhava cor e graça na voz carinhosa.

Viramos pré-adolescentes e já pegávamos ônibus sozinhos para visitar a vovó Lili. Com ela íamos à praia, tomávamos sorvete, ganhávamos uns trocados para botar na poupança. A casa da vovó era um apartamento minúsculo onde nunca faltou espaço. A gente brincava onde e quando queria; a hora do almoço e a comida também decidíamos. E o melhor: tomávamos banho de banheira pelo tempo que quiséssemos.

Se em casa, minha mãe gritava a cada 5 minutos: menino sai do banheiro! E meu pai se esgoelava: olha a conta d'água! Lili nos esquecia cada um de nós lá dentro, sabia que naquela fase os meninos gostavam e precisavam de um tempo a mais no banheiro. Até rádio eu levava lá para dentro. Iam também revistas. Um paraíso, o banheiro da Lili. Namorei Betty Faria e Rosemary, sonhei bem acordado com Norma Benguel e Vera Fischer. Pelo tempo que quis. Meus irmãos também, eu acho.

Mesmo mais velha, Lili mantinha a visita das quartas. Nas despedidas de quinta-feira, a gente se beijava e se abraçava bem apertado. Minha avó entrava no ônibus devagar, com as bolsas vazias e uma carinha de choro. O busão azul e prateado saía, a gente ia perto da janela e mandava beijos. O ônibus se misturava ao trânsito, nós três e minha mãe esperando até ele desaparecer entre carros e fumaça.

Hora e meia depois o telefone tocava. Lili dizia que tinha chegado bem, contava uma boa história da viagem. A gente desligava e se perguntava por que a liberdade da quarta-feira demorava tanto para chegar.

PORTÃO VERMELHO

— Ei, moço. Moço.

Ninguém mais me chama de moço. Então, acelero e alongo o passo, desconsiderando a voz suave que vem do outro lado da rua. Ela, a voz, agora menos suave, se impõe.

— Mooço.Mooooçô.

A dona da voz me chama e clama também com a mão. Naquele gesto de vem cá, estica o braço, estende o polegar e mexe os outros quatro dedos batendo na palma da mão.

Fim da dúvida, sou eu mesmo o moço, ou quase um menino grisalho, porque quem me grita podia ser minha mãe e com folga. Num Kadett verde musgo, talvez do século passado, impecável e limpíssimo, vejo a mulher ao volante e vou até ela. Minha filha Lorena, que caminha comigo me acompanha, surpresa e curiosa.

A senhora, de pelo menos 85 anos, não tem um fio do cabelo castanho-claro fora do lugar; observo ainda brincos e um pingente dourado que enfeita o pescoço.

Ela se desculpa pela interrupção e pede.

— Moço, me ajuda porque estou perdida. Quero visitar minha irmã, que vive numa casa de repouso, mas não acho. É na rua Duque de I-ta-bai-a-na. Aqui tem um mapa, ela alerta, enquanto abre toda a janela e me estende com alguma esperança um papel amassado.

Desenhado a lápis, um mapa, que é o rascunho de um labirinto, cheio de curvas e cruzamentos. Em caneta azul, uma mensagem:

Rua Duque de Itabaiana, Lapa, é perto da farmácia. Portão Vermelho, paciente Dona Emília. No final, em letras maiores, **RUA PIO XI ATÉ MAIS OU MENOS O FIM, SEGUNDA OU TERCEIRA À ESQUERDA. NÃO ESQUECE: É UM PORTÃO VERMELHO. VAI COM DEUS.**

Lorena entra na conversa.

— Pai, a gente não pode deixar as duas perdidas. Vamos achar essa tal Casa de Repouso e o, tal portão vermelho.

Olho para motorista e prometo.

— Não conheço, mas a gente procura.

— Aqui é tudo igual, as ruas, as casas, faz mais de 20 minutos que estou rodando só nesse bairro. Eu vim do Tatuapé, moço.

E se afastando um pouco para que eu visse a pessoa ao lado, acrescentou.

— Eu ainda passei na casa desta minha outra irmã, na Vila Matilde, moço.

Começo a gostar do "moço". Enquanto penso que a mulher dirigiu pelo menos 20 quilômetros pela radial Leste ou Marginal Tietê, desviando de caminhões, radares, lombadas, buracos e motos. 85 anos e sem óculos. Ao lado dela, a irmã de olhos vivos e talvez um pouco mais velha. Informal, usa tênis branco, esmalte rosa e camiseta. A máscara é bem parecida com a da irmã, assim como o jeito de falar. Enfim, nos apresentamos.

— Aqui é pai e filha.

— Aqui é Lina e Geni.

Minha filha explica que para não atrapalhar nem a conversa e nem a caminhada deixamos os celulares em casa. Já as irmãs simplesmente não têm celular. Não têm e não sentem falta, emendam sorrindo.

O Kadett tampouco possui GPS, então estamos os quatro no escuro sob o sol quente das dez da manhã.

Silencioso e arborizado, o bairro de classe média em que nos encontramos virou endereço de várias Casas de Repouso. São antigas residências que se transformaram em abrigo para idosos que não podem morar sozinhos ou com as famílias. Em qual delas estará Emília?

A primeira ideia é também a mais óbvia, por que não perguntar? Uma das Casas está a alguns metros de distância. A funcionária me atende e no mapa descobre o que eu não tinha visto. Raio de Sol, que está entre parênteses, é o nome da Casa de Repouso da rua Duque de Itabaiana. Tudo fica mais fácil, ou quase.

Dona Geni estaciona. A funcionária vai até ela e entrega o próprio telefone celular com o viva voz acionado. Ouvimos juntos a voz da pessoa que trabalha na Casa de Repouso, aquela que as irmãs procuram.

— É fácil, fácil, senhora. Sobe essa rua, faz uma curva, passa a farmácia, vira na terceira, pega a Pio XI. Conhece a Pio XI?

Todos falam ao mesmo tempo.

— Sim

— Não

— Acho que sim...

A funcionária continua a explicar.

— É a principal, gente. É a que passa ônibus. Tem uma padaria grande do lado direito, em frente ao posto de combustível, daí é só contornar a pra...

Tum, Tum, Tum

Tentamos de novo, em vão.

Lorena tem uma ideia.

— Dona Geni e se eu e meu pai entrarmos no carro com vocês e formos até lá? A gente não tem hora mesmo?

Dito e feito. Lena senta no banco de trás, Lorena também, Geni continua no comando e eu viro copiloto pelas preguiçosas ruas da Lapa.

Entre os bancos da frente e os de trás vejo algumas bolsas. São de papel e estão bem fechadas com fita crepe. O que podem ter preparado para a irmã mais velha?

Sinto o aroma adocicado de uma água de colônia que perfuma as manas e o carro. Duas irmãs e pelo menos 170 anos de história, de convivência lado a lado, eu imagino. Quando as duas tinham os vinte e poucos anos da Lorena, eu não era nascido. As mulheres não dirigiam e Casas de Repouso não existiam. O Brasil era um país de jovens embalado pela Bossa Nova. A preocupação era construir creches.

Geni acelera e interrompe meus devaneios perguntando se quero ouvir alguma rádio. Agradeço e prefiro escutar Lena. Ela conta que eram nove irmã e que sobraram apenas cinco. Emília, a mais velha, está internada há pouco tempo, mas por causa da pandemia a visita é à distância.

— É a primeira visita? Lorena pergunta.

— Não, a terceira, mas esse caminho é difícil. Sabe, a gente tá preocupada com a saúde da Emília, com a alimentação dela e tristes por não poder entrar na casa e abraçá-la. A gente se abraçava todo dia, né Geni?

A motorista concorda com a cabeça, de olho no caminho.

Ainda perdidos, enxergamos uma família palmeirense na calçada. Geni encosta e buzina de leve com uma delicada pancadinha no volante. Até quando buzina sabe ser elegante, a Geni. Eu pergunto.

— Por favor, estamos procurando uma Casa de Repouso, na rua Duque de Itabaiana, sabe onde é?

O pai responde olhando para mulher e pro filho.

— Não, essa rua não conheço, não.

A mulher interrompe.

— Peraí, casa de Repouso... epa acabamos de passar por uma.

— É a Raio de Sol?

— Aí já não, sei, mas eu vi um portão vermelho bem grande.

Os quatro explodimos numa gargalhada de alívio. A criança também riu sem entender. Nos despedimos, felizes com a descoberta.

Cem metros, nem isso, enfim, estamos na Raio de Sol. Descemos juntos do carro.

Ao pegar as bolsas senti o tranco; pareciam de chumbo. Aguentei firme, que nem moço. Lina e Geni se anunciaram, uma funcionária abriu uma fresta do portão vermelho carmim e partiu em busca de dona Emília. Lorena e eu nos despedimos da dupla. Trocamos suaves cotoveladas, devolvemos os olhares e ouvimos os agradecimentos. Por causa da Covid19, seguimos em nossa caminhada antes que Emília chegasse. Enquanto desenhávamos em nossas mentes o rosto que não foi possível conhecer, especulamos: afinal o que havia naquelas bolsas? Doces e salgados não pesam tanto, talvez um rádio para fazer companhia à Dona Emília. Um porta-retratos ou um secador de cabelos. Quem sabe um toca-discos com LPs do Aguinaldo Timóteo, Taiguara, Vanusa?

O que cada um pode desejar quando o mundo nos manda repousar?

UM ABRAÇO NO CHEFÃO

Tudo aconteceu naquele ano bissexto.

A *Deixa Falar*, primeira Escola de Samba, despontou no morro do Estácio, criação de Ismael Silva.

Em Rosário, nascia Ernesto Guevara, o Che, o médico argentino que se tornou guerrilheiro e com seus camaradas transformou a ilha de Cuba e o mundo.

No sertão do Rio Grande do Norte, Alzira Soriano, de 32 anos, era primeira prefeita brasileira.

Estas notícias, exaltadas na internet como *fatos marcantes de 1928*, perdem fácil para uma outra, pelo menos para mim.

Em 28 de fevereiro, com peso e altura normais, nascia um carioca clarinho, de olhos castanhos. Edgar Pinto, o segundo filho de uma costureira brasileira, e um vendedor de gravatas português.

83 verões depois, vivíamos mais um 28 de fevereiro, o de 2011.

O homem sentado na cabeceira, de cabelos brancos despenteados pelo vento, é meu pai. Ele tem cheiro de água de barba e exibe os presentes de aniversário no corpo: camisa polo azul, bermuda bege, relógio Seyko. No domingo de sol na Barra da Tijuca, o almoço é farto, tem parabéns, fotos e o carinho dos netos, filhos e noras. Do amor maior, ganha um selinho. É minha mãe, a Therezinha. Cinquenta e sete anos de casamento.

Meu pai pede a conta e paga sozinho em dinheiro vivo. É o jeito do patriarca, ou como diz um de seus netos: o Chefão!

O apelido agrada, mas ele não ri. O Chefão só mostra os dentes quando quer.

Saímos da mesa juntos, crianças e adolescentes na frente, depois minha mãe com dona Irene, a acompanhante. Meu pai atrás e eu por último.

Só por isso percebi a iminência do desastre: ao virar o corpo para acompanhar a peraltice de um dos netos, os joelhos se cruzam, o equilíbrio se perde e meu pai desaba.

Ninguém pode fazer nada, exceto eu. Despertado pelo perigo, consigo ser mais rápido que o instante.

Tenho mãos ocupadas com carteira e celular, mas meus braços se encaixam como ganchos nos sovacos de meu pai. Falta menos de um metro para que o corpo calejado se estatele contra as lajotas ásperas e geladas.

O pior não acontece porque sustento o peso, que não é pouco.

De olhos fechados por um momento, imagino a cena por outro ângulo.

Em câmera lenta, cabeças se viram ao mesmo tempo. Meus irmãos e cunhadas arregalam olhos e lábios. A garotada se assusta. Minha mãe esboça um movimento e Irene grita:

— Cuida...

Em 3 gerações, a família Pinto está paralisada.

Em segundo plano, garçons com suas bandejas, comilões com o garfo a caminho da boca, um casal com seu cachorrinho agasalhado. Estátuas vivas.

A Terra volta a girar e peço socorro. "Ajudem, não estou aguentando". Agora sobram mãos e braços fortes, o Chefão está novamente de pé.

Enfim, desgrudado dos sovacos de meu pai, penso em quantas vezes ele me protegeu, me pegou no colo, me levantou do chão, limpou meus joelhos dizendo "não foi nada".

Assustado pelo quase-tombo, ele me agradece com um abraço, nossos peitos se tocam, sinto um coração acelerado e a mão dele em meu ombro.

A mesma mão e o mesmo ombro — os esquerdos — também se encontraram em 1981, numa caminhada na Avenida Atlântica. Eu, cabeludo e fumante aos vinte anos. Meu pai, um homem de cinquenta e três, disposto a trabalhar e viver mais, que fazia curso de computação e se orgulhava de ter apagado da vida os 3 maços diários de Carlton.

Andava satisfeito. Enfim, um filho seguiria o sonho dele. Seria o caçula o construtor de pontes, túneis e prédios? Eu, angustiado, no segundo ano de Engenharia Civil, queria gritar que não.

Tinha pedido aquele passeio para revelar que ia abandonar o curso. A vergonha era do tamanho de Copacabana e, aos solavancos, pedi desculpas envergonhadas por preferir o Jornalismo. O olhar fixo nos mosaicos de Burle Marx subiu até encontrar meus olhos. Com a clareza que me faltou, resumiu: "Estude e passe no vestibular, ou então vá trabalhar. Não sustento marmanjo."

Passei, me formei e ganhei um incentivador eterno. Difícil entender como aceitou minha recusa ao desejo dele de uma vida inteira. Meu pai nunca foi mesmo previsível.

E nem todas as surpresas foram boas. Feriu-me por dentro e por fora, com um tapa forte e inesperado por eu, aos 7 anos, não atender à ordem de estar em casa na hora do almoço. Foi ao playground e me trouxe pelo braço. No elevador, a mão grande, a canhota, explodiu num safanão que atingiu parte do ombro, pescoço e costas. Meu short quadriculado, vermelho e preto, com zíper dourado do lado direito, ficou imediatamente molhado e o chão encharcado. Só então consegui chorar. Saí olhando para baixo e caminhei até o chuveiro de casa, com medo e vergonha.

Frustração parecida aconteceu quando ele recusou um abraço em público que fui correndo lhe dar num outro 28 de fevereiro, o dia do aniversário dele. Até hoje não entendi se foi timidez de quem não gosta de parabéns em público ou mau-humor repentino, só lembro de uma voz dizendo que não gostava que soubessem detalhes da vida dele, enquanto me empurrava de leve. A cena foi no mesmo playground do prédio que morávamos, em Vila Isabel. Alguns anos já tinham se passado do safanão no elevador. Experimentei uma dor diferente e também intensa, de novo os olhos se afogaram e a garganta secou. Era a primeira grande rejeição de minha vida, profunda e inesquecível. Poucas vezes fiquei tão sem graça, me recordo bem que não sabia onde botar as mãos e até hoje não sei onde elas se esconderam.

Precisei de cabelos brancos e das desventuras da paternidade para entender que o homem da minha vida não tinha intimidade com o amor, apesar de amar todos nós.

Dava atenção, bronca. Se precisasse dava também dinheiro, tempo, as roupas do corpo, a chave do carro.

Gostava e sabia colaborar. Chegou de surpresa do Rio de Janeiro para me ajudar numa mudança em São Paulo. Não podia carregar peso, mas etiquetou as caixas, acompanhou os carregadores e organizou a bagunça. Dois dias depois pegou um táxi para o Terminal Tietê e voltou com minha mãe para o Rio, feliz por ter sido útil. Não era afetivo, era efetivo.

No álbum das memórias reencontro meu pai numa véspera de Natal. Eu e meus dois irmãos ajoelhados no banco de trás de uma Vemaguetti. Como um super-herói, ele atravessa a avenida diante dos carros e enfrenta a tempestade com um pacote enorme equilibrado na cabeça. É o nosso Autorama.

O embrulho laranja, a roupa, os cabelos, tudo ensopado, já o cigarro sobrevive aceso e seco no canto da boca. A brasa viva, da cor do papel de presente, ilumina parte do rosto. Um fio de fumaça dribla os pingos grossos. É o que vejo. É o que vive.

2011, de novo. Na festa de aniversário queria falar: Pai, tenho orgulho do senhor, te amo muito. Queria...

Balbuciei um parabéns atropelado. O beijo foi mais fácil, com cheiro mentolado da água de barba.

Naquele mesmo 2011, em outubro, o Chefão me contou na cama da UTI que estava cansado. Chorei de novo e descobri outra dor. Semanas depois meu pai fechou os olhos. Meio-dia e trinta e dois minutos de um dia de novembro.

Alcanço saudades cotidianas. Como a conversa fiada de toda noite. Ele pelo telefone fixo, sentado no sofá de casa; eu no celular, refém do trânsito. Ele esmiuçava o futebol, contava de chuva e sol, da nova vizinha e seu cachorro, detalhava o almoço; minha conversa era o crescimento das filhas, trabalho, prestação do apartamento. No final, dizia.

— Pai, estou entrando na garagem, vai cair.

Edgar, claro, sabia do celular e, no seu jeito chefão de ser, mentia para ele mesmo.

— Você estava ao volante? Não faça isso, é perigoso. Tome juízo, meu filho. Se eu soubesse nem tinha atendido.

A repetição me aborrecia, a vontade era deixar a ligação cair, mas nunca tive coragem.

Até a mentira, disfarçada de conselho, hoje me faz falta. Era o nosso boa noite.

Anos depois, experimento a melancolia por não ter dito pelo menos uma vez: pai, lembra daquele tapa? Doeu muito, sinto até hoje. Sabe aquele abraço recusado? Foi ainda pior.

Era a chance de uma conversa franca, não só para buscar um calmante para os traumas de caçula, mas para saber os ferimentos que impus a ele, em 50 anos de convivência. Quais seriam as cicatrizes que ainda sobreviviam na alma de meu pai?

Que perguntasse pelo menos uma vez, antes que o carro entrasse na garagem e a ligação caísse.

BIRINAITES, CATIRIPAPOS E BOROGODÓ

O céu indeciso entre o violeta do fim da madrugada e o açafrão de mais um dia de sol e nós ali, sonolentos numa calçada de Vila Isabel, ouvíamos a primeira: *vamos pela sombra que é mais fresco.*

Na avenida, meu pai esticava o braço direito e chamava o táxi. Ele sentava e pedia, enquanto fechava a porta tragando fundo seu Minister.

— *Por obséquio, é para a cidade.* Pelo caminho, deixamos o *trio ferrabrás* na escola.

Cidade era "o centro". Soava esquisita, assim como "ferrabrás" e "obséquio". Nos olhava no banco de trás e, no meio da conversa, discursava com frases já conhecidas.

— *Se conselho fosse bom, custava dinheiro, mas vá lá que dou de graça.*

— *Quando um burro fala o outro abaixa a orelha.*

— *Quem não pode com mandinga não carrega patuá.*

Edgar Pinto ganhou a vida como vendedor de gravatas e professor de matemática, antes de se tornar funcionário público. Em todas as profissões teve a boa lábia como parceira:

Uma lábia de infinitas tiradas.

Preferia *ordenado* a salário, *espinha dorsal* a coluna cervical, *assistência* a ambulância, *caçarola* a panela, *chã de dentro* a coxão mole.

Piada era *anedota*.

Grupo, *patota*. Se fosse de arruaceiros, *curriola*.

Algo inútil, *estrupício*.

Lugar desarrumado estava *avacalhado*.

Bagunça, *chacrinha*.

Com parafuso a menos, *matusquela*.

Pessoa de confiança, *pedra 90*. Se não, *um três com goma*, expressão do Rio Antigo para definir os malandros de terno engomado.

Homem altivo, arrumado e penteado, *boa pinta*. Mulher elegante, *bem apanhada*.

As curvilíneas, *bem fornidas*.

Algo muito bom, o *ó do borogodó*; se frágil, *marca barbante*.

Quem abusava dos *birinaites*, ficava *esquinado*. Para beberrão contumaz, *esponja ou avinagrado*.

No fim de semana levava minha mãe e os 3 filhos para almoçar. A gente se distraía comendo miolo de pão com manteiga e ele, em vez do cardápio, solicitava, com o indicador esticado, arrumando o guardanapo de pano sobre a calça de tergal com vincos bem marcados:

— Traz o *mentiroso* e um Steinhaeger Becosa, que é pra abrir o apetite.

Depois da aguardente germânica, sorvida em gole único e sem careta, abria o mentiroso e brincava:

— Aviso aos navegantes: criança que pede prato de adulto é porque tem *o olho maior que a barriga*. A gente se entreolhava, depois mirava estômagos e se encarava de novo.

Nascido e criado em terra de sambista, se abastecia de fonte pura. De Ismael Silva pegou emprestado: *Tás com a vida que pediu a Deus*. E para levantar o astral quando o dinheiro encolhia: *tristeza não paga dívida*. De Noel Rosa: *Já vi que estás numa prontidão sem fim*.

Lapidava expressões para o dia a dia.

— *Vão ariar os dentes* e se usarem o mictório *puxem a válvula*!

Trânsito não congestionava, *entupia*.

No carro, não trocava marcha, *fazia câmbio*.

Quando dirigia e o destino era longínquo, substituía o popular *onde Judas perdeu as botas* pelo *lá em Deus me livre*.

Com alguma solidariedade, perguntava ao portador de notícia fúnebre: *morte morrida ou morte matada*? Minutos depois, comunicava a quem estivesse por perto: *Fulano bateu as botas*.

Puxava a orelha dos avoados, *tás pensando na morte da bezerra?*

Junto às tiradas, meu pai misturava algumas crenças. Verdades absolutas, portanto, indiscutíveis.

Vento encanado provocava pneumonia. Melancia depois de cerveja, dor de barriga. Banho após o almoço, risco altíssimo de paralisia. Sandália havaiana virada dava azar.

Mandar uma brasa sempre valia a pena, mas depois das refeições era *ideia de jerico* que dava congestão. Queijo tirava a memória.

Machista clássico, não admitia filhos de camisa *encarnada* e dos penteados ele mesmo cuidava. Uma vez por mês íamos todos ao seu Ferreira, o *rapa-queixo*, na praça Barão de Drummond.

— Embaixo, máquina zero; em cima, faz o topetinho e gruda com Gumex.

— Sim senhor, concordava o barbeiro ajeitando uma caixa para nos acomodar na cadeira de adulto.

A gente saía olhando as sombras na calçada. Três cabecinhas redondas com cristas no alto e orelhas abanando. A trinca seguia o gigante, que voltava assobiando para casa.

O chefe da casa e da família, não tolerava ser corrigido. Aí *ralhava*.

— Tás me *arremedando* por quê? Esse moleque é *fogo na roupa*. Depois, leva um *catiripapo* e não sabe por quê. *É de lascar.*

No sossego da noite arrastava os chinelos numa vistoria minuciosa em torneiras, chuveiros, fogão, aquecedor. *Seguro morreu de velho*, falava sozinho. Janelas deviam estar trancadas, assim como portas, incluindo a dos armários. E ele verificava uma por uma. Por fim, lâmpadas e aparelhos eletrônicos, que *eu não sou sócio da Light*.

Meu pai, pai do Luis Roberto, pai do Luis Pedro e marido da Therezinha, começou a incrementar o vocabulário na infância com a enciclopédia Tesouro da Juventude; já *rapazola*, não perdia o programa **Romário, o Homem-Dicionário**, em que ouvintes desafiavam Romário a responder o significado de palavras dificílimas. Em geral, o público perdia para o sabichão que, fulminante, respondia para o auditório lotado da Rádio Nacional.

Edgar se inscreveu, passou uma semana estudando palavras desconhecidas, mas também saiu derrotado pelo homem de turbante dourado. Continuou ouvinte, de preferência com o *egoísta*, assim chamava o fone de ouvido.

Homem feito encantou-se com as Palavras Cruzadas de jornais e revistas. Tinha orgulho de resolver todas as Logomanias de O Globo sem pedir ajuda ao *pai dos burros*.

Levou com ele um tesouro que não estava no gibi: o Dialeto do Edgar. Muito maior e mais divertido do que minha memória é capaz de alcançar.

Edgar Pinto era do *Balacobaco*.

ASSIM NASCIA UMA CORDILHEIRA

— Qual o irmão do seu irmão que não é seu irmão?

— Hum...dá uma pista.

— Que pista, bota a caixola para funcionar, garoto.

Therezinha adorava pegadinhas, adivinhações. Trunfos para dias de chuva, às vezes de breu, quando os apagões tinham nome de blecaute. No escuro não se jogava dominó, não se brincava de varetas ou de burro em pé.

Era preciso acalmar os três peraltas, sempre inquietos e famintos, naquele apartamento de sessenta metros quadrados em que se comprimiam sala, cozinha, copa, banheiro, dois quartos e as tais dependências de empregada.

Com doses iguais de amor e humor, minha mãe cuidava dos 3 filhos juntos. E também separados. Tudo ao mesmo tempo. Dava banho em um, comida para outro e uma bronca no terceiro. Ali, entre o banheiro e o corredor. Em minutos, as posições se invertiam, enxugava quem saía do chuveiro, ensaboava quem entrava, mandava o terceiro comer tudo, ou como preferia dizer: limpa o prato.

Havia momentos mais amenos. Se alguém estava resfriado e não podia brincar na rua, ela cobria a cama com almofadas e travesseiros, jogava um cobertor por cima e assim nascia uma cordilheira.

Alisava com as mãos outra parte da manta e surgiam vales, colinas, desertos, planícies. Aí espalhava pelo terreno soldadinhos de chumbo e cavalos. Uma lanterna e velas criavam o suspense. Plantas artificiais, na época em moda, viravam bosques e florestas tropicais. Camufladas pelo verde, carroças com mantimentos e armas abasteciam a tropa. Do outro lado, no alto das montanhas, índios prontos para o encontro sangrento. A preparação nos consumia tanto tempo e emoção que o desfecho do combate pouco importava.

Minha mãe sabia brincar. Minha mãe gostava de brincar. Minha mãe brincava de se divertir.

Jogava futebol de botão, sinuca, totó, pingue-pongue; cartas, dama e cabra-cega também.

Batalha naval, banco imobiliário, víspora? Era com ela mesmo.

Era afiada na forca, no pontinho, no jogo da velha.

Nunca desanimou com filho que não estudava, tomava a lição de todos. Repetia, repetia. Incansável. Porque brincadeira não cansa e ela ensinava brincando.

Os afluentes da margem direita do Amazonas. Javari, Purus, Juruá...

A tabuada.

A raiz quadrada.

Sinônimos, antônimos e coletivos.

Você, leitor desprevenido, sabe o coletivo de borboletas?

Minha mãe sabia.

Antes das provas de Geografia tínhamos que dizer as capitais, do Rio Grande do Sul ao Amapá, do Acre ao outro Rio Grande. Nossa mãe-professora cultivava uma didática só dela, que nos fazia decorar os "Conhecimentos Gerais".

Para quem esquecia a capital dos gaúchos vinha uma dica, "quem não está triste, está?" Se a dúvida fosse no Pará, lá vinha ela, "qual o som dos sinos?" Em Roraima, "quem usa óculos é porque não tem?"

Com as capitais ficou fácil e na adivinhação do início deste texto também. Se você tiver mais de um irmão, como eu, a resposta é você mesmo! Sobre o coletivo, anote aí: borboletas voando em grupo formam um panapaná.

Para estudar ou brincar, que adolescente ou criança não adora receber os amigos em casa? Minha mãe curtia mais do que a gente. E eles amavam a anfitriã. Dependendo da compra do dia no supermercado Mar e Terra, de Vila Isabel, tinha misto quente com Nescau, cachorro-quente com Grapette, pastel de queijo com Ki Suco.

Uma noite, depois da novela, quando achou que dormíamos, ela foi para janela do nosso quarto com os olhos molhados. Mirava longe, sem nada ver. Chorou de soluçar e enxugou o rosto com as mangas do penhoar bordô.

Levantei, cheguei perto, botei a mão no ombro coberto com o tecido macio e sem nada ter perguntado, ouvi a resposta.

— Tua mãe tá bem, chorar às vezes é bom. Você não, que é homem e homem não chora. Entendeu? Todo casal tem problema, entendeu também? E eu e seu pai somos um casal como os outros, entendeu?

— Entendi, mãe. Mas que problema?

— Problema de adulto.

— Por que o papai tá roncando e a senhora tá chorando?

— Não tô mais, agora tô conversando com meu caçula que já tem 7 anos.

— Vou fazer 8.

— Meu filho, tá vendo aquelas luzinhas?

Eram milhares. À esquerda, como vaga-lumes, brilhavam pelos morros dos Macacos e do Turano, em frente se espraiavam até o Maracanã, Uerj e Mangueira. Do lado direito a gente via as estrelinhas de sessenta watts pela Tijuca, Salgueiro, Andaraí, Aldeia Campista.

— Tô vendo. O que têm as luzinhas?

— Em cada uma delas existe uma casa. Em cada casa uma família. Em cada família um problema. Mas em cada uma delas, grande ou pequena, tem uma luz que está apagada.

— Qual é?

— É a do quarto das crianças, que já estão dormindo.

Minha mãe, a Therezinha, me deu um beijo, me botou na cama e saiu fechando a porta com cuidado.

Meus dois irmãos permaneciam quietos. A gente teve medo e rezou numa mesma voz. Uma Ave Maria para ela e um Pai-Nosso para o nosso pai, quem sabe assim eles desistiam de se desquitar ao contrário da Dulce e do Gervásio, nossos vizinhos. Foi uma longa noite, mas no dia seguinte, nossos pais estavam falando da vida dos vizinhos, da mensalidade escolar, da carne assada que ia para mesa no almoço.

Seguiram falando, brigando e fazendo as pazes por 2 vidas.

Em 4 de setembro de 2011, comemoraram 57 anos de casados. Foi o último aniversário. Bodas, como gostavam de dizer.

QUE DIA É HOJE?

O buraco profundo engoliu os neurônios e, inapelável, destroçou a memória.

Dia a dia, despachou para as trevas o acervo de uma vida e suas infinitas lembranças. Guardadas e cultivadas, porque contadas e recontadas aos descendentes. Protegidas e preservadas, porque abrigadas em álbuns de fotos, aqueles em preto e branco, com páginas em papel cartão cinza, com cantoneiras e capas acolchoadas com letras douradas.

Festas de família, viagens, nascimentos, batizados. Tudo nos álbuns e – até então – na cabeça da Therezinha.

A doença se mascarou de rabugice. O bom humor invencível cedeu lugar à teimosia, à insistência. Meus irmãos, meu pai e eu acreditávamos que fazia parte do envelhecimento. Inconscientemente, culpamos o tempo, a vida, sem reconhecer o poder do inimigo.

O incurável Alzheimer desafiava a família enquanto minha mãe repetia as débeis perguntas.

— Que dia é hoje?

— Que horas são?

— Já choveu?

A gente respondia até onde suportava.

A vontade de sair, de ver novidades, de passear, essa resistiu o quanto pôde e até gerou falso entusiasmo. Therezinha não recusava convite, às vezes aceitava sem nem saber para quê. Lembro bem quando fui com ela e minhas duas filhas, então meninas, ao cinema. Quando a bexiga apertou, corri ao banheiro. Não sei se demorei, mas tomei o maior susto quando vi, ao meu lado, o bilheteiro. Um homem constrangido, já pedindo desculpas antes de falar.

— Tem uma senhora aí fora insistindo para o senhor sair logo.

— Você vai perder o filme! Ouvi a voz inconfundível.

— Mãe, por favor, as meninas estão lá sozinhas.

E o bilheteiro, ainda desconcertado.

— O recado tá dado. Licença.

Como se eu fosse uma criança, ela me esperava perto da porta.

— Meu filho, você deixa a gente preocupada. Então, para elas poderem ver o filme com calma eu vim aqui saber o que estava acontecendo. Não precisa ficar nervoso.

— Tá bom, mãe.

— Ah, você lavou as mãos?

— Sim, lavei, enxaguei e enxuguei.

Já estávamos de novo na sala escura e minhas filhas riram muito mais com a cena da vida real que com as piadas dubladas do filme.

— Ah, como a vovó é fofa.

— Vó, a gente te ama muito.

Infância e velhice conversavam e se entendiam ao meu lado.

— Pai, vovó tem razão, você demorou demais.

— Pai, se fosse a gente você também não ia gostar.

Nessa hora eu também ri.

Ri, porque foi engraçado, ri porque me vi no meio das duas gerações, mas ri sobretudo de nervoso, de medo. A doença era cada vez mais agressiva e transformava minha mãe em outra pessoa.

Lembranças do dia a dia desapareciam. Primeiro as mais próximas: o cardápio do almoço, o lugar onde tinha deixado a chave. Tinha voltado de ônibus ou de metrô?

E o troco? Disso se recordava, ainda bem. Estava no bolso da calça, claro! Mas que calça?

E os óculos... calma, que óculos?

Aos poucos o esquecimento tragou datas mais distantes, nem por isso menos importantes: o aniversário dos filhos, o dia do casamento; e o mesmo vendaval levou para longe a receita do bolo de coco e o ponto certo da alcatra.

A nossa mãe, que guardava números de telefone, CEPs, finais de livros e até os diálogos de Glória Menezes e Tarcísio Meira nas novelas de Janete Clair, ia se apagando com a própria memória. Olhava para um ponto distante, como se buscasse as informações sequestradas pela demência. Ninguém podia fazer nada, nem a família, nem a ciência.

A morena vaidosa que gostava de cabeleireiro, de vestidos na altura do joelho com salto alto e fazia questão de batom, sombra e brincos de pressão, sofria também no corpo. Andava com dificuldade, a coluna curvada, os olhos no chão. Num dos últimos almoços, chegou de cadeira de rodas.

Acreditei, ou melhor, me iludi, ao achar que quanto mais visitasse minha mãe, quanto mais falasse com ela, mais ela poderia reagir. Rio e São Paulo nunca estiveram tão próximos. Do aeroporto ou da rodoviária, cortava a cidade até o número 18 da rua estreita, no Leblon.

A frieza da casa geriátrica se espalhava pelos corredores e piso brancos, na luz pálida, nos móveis de plástico, no cheiro de álcool e desinfetantes. Lá, vivemos emoções doloridas. No quarto do fundo, na cama perto da parede, eu e meu irmão encontrávamos a mulher das nossas vidas. E ela ainda estava viva. Podia ser beijada e abraçada. Ainda.

Meu mano comprava pudim de leite, sorvete de pistache. Ela saboreava com gosto. O paladar guerreiro sobrevivia e aceitava bem a consistência suave e fresca.

Os netos beijavam, faziam carinho, penteavam os cabelos finos e brancos com uma escova lilás de cerdas macias. Ela fechava os olhos e a gente, sem entender muito bem, relaxava com ela. Meu irmão mais velho vinha de muito mais longe e quando podia trazia os filhos para ver a vovó Therê. Cada um dava o melhor, mas era pouco.

Eu cutucava a memória. Levava fotos, cartas antigas. Mensagens de aniversário, cartões de dia das mães, postais de viagens. Minha mãe me escreveu a vida toda, a letra redonda em textos bem pontuados, cheios de carinho, de conselhos, de preocupações. No final, quase um carimbo, composto de nome e sete palavras: *Um beijo da mamãe que lhe ama, Therezinha*.

Lia e relia os textos sem saber se era ouvido. Lia mais para mim que para ela.

Em visitas solitárias, aproximava as fotos de seus olhos. Castanhos e cegos, logo percebi.

Apostei nas músicas. A melhor opção era Roberto Carlos com seus clássicos, que ela tanto tinha escutado no Programa a Hora do Rei, das 9 às 10, na Rádio América, enquanto cuidava da casa e da gente, num Rio de Janeiro que ainda resiste em alguns corações.

No quarto branco do Leblon, nossas tardes musicais começaram num aparelho de CD e depois mudaram para a viva voz, ao pé do ouvido.

Perto dos 90, sem falar e movimentar o corpo, já com a sonda gástrica, ela me surpreendeu.

No meio de Tereza da Praia, que eu cantava tentando imitar Dick Farney e Lúcio Alves, ela mexeu a cabeça com força, primeiro para a direita. Uma, duas vezes, depois para a esquerda.

Acreditei num pedido de bis e atendi.

Outras vezes, senti um suave aperto de sua mão de pele fina, agora riscada de azul por veias raquíticas. A mão amiga de uma vida inteira. Dos dedinhos miúdos, do esmalte rosa, disfarce de unhas tantas vezes roídas.

"Mãe, aperta minha mão de novo. Só isso, aperta mesmo e eu te levo para a praia, pra fazer castelos, para andar por aí, para conversar, pra gente brincar. Aperta com força! Mãe."

Não teve aperto, não teve música, não teve brincadeira, não teve mais nada.

No dia do fim saquei a carta de despedida do bolso, escrita naquela noite.

Levantei a tampa e pousei ao lado do braço esquerdo o envelope de papel pardo, com três folhas rabiscadas de caneta azul. A carta seguiu com ela no caixão de madeira clara e fina. As cinzas mergulharam nas ondas do Leblon, numa tarde chumbada de dezembro.

GUERREIRO RUSSO

A porta dupla de mogno se abre como as cortinas de um teatro.

O garçom, o barman, o cozinheiro e os casais poderiam estar neste ou em qualquer outro restaurante de mesas bem arrumadas com guardanapos de pano, galheteiros e talheres de prata. Pouco importa se a cena se passa no Rio de Janeiro ou em qualquer capital brasileira, o fundamental é que seja nos anos de 1970.

Norberto ajeita a gravata borboleta, se debruça no balcão e encomenda ao Djalma.

— Meu chapa, capricha um Leite de Onça e um Coquetel de Frutas para elas. Para eles, Campari e Cuba Libre com Rum Montilla. Drinques acompanhados pelo couvert com salame, azeitonas e ovos de codorna. Depois as entradas: o senhor de colete e a senhora de piteira querem melão com presunto; o casal mais jovem vai de coquetel de camarão.

Ao cozinheiro, um só pedido.

— Solta 4 Estrogonofes, Germano. Mesa 12.

Seja bem-vindo, querido leitor, à era do estrogonofe.

Assim como carros e roupas, alguns pratos também entram e saem de moda, têm ciclos.

A escritora e pesquisadora Maria Lecticia Cavalcanti autora do livro "Esses pratos maravilhosos e seus nomes esquisitos" nos leva à Rússia do século XIX para desvendar uma das possíveis origens do estrogonofe.

O nome veio dos Stróganov. Rica e influente, a família dominava a fabricação de armas e construção de fortalezas no tempo dos Czares. Um dos Stróganov mais ilustres foi conde e general em períodos sangrentos. Comandou tropas que ajudaram Alexandre I a vencer Napoleão Bonaparte, em 1812. A pesquisadora conta que por essas e outras vitórias ele ganhou um jantar de gala no palácio e o prato principal com o nome do convidado se eternizou. Bom de briga e de garfo, o conde adorou a homenagem.

Os mesmos franceses que saíram corridos do frio e da fúria russa apuraram um pouco mais a receita. Entrou então o creme de leite. Nos bistrôs e cafés de Paris, o estrogonofe matou a fome e deleitou multidões de turistas e moradores da cidade.

No nosso Brasil, desembarcou no fim da Segunda Guerra com os imigrantes russos.

Mas antes de desfilar nas mesas como a melhor pedida, o estrogonofe teve que enfrentar os rivais da época, todos com nome e sobrenome: camarão com catupiry, supremo de frango, bacalhau à Gomes Sá, filé a Osvaldo Aranha. Na Batalha de Titãs, o guerreiro russo levou a melhor.

Na festa da firma ou no jantar mais íntimo, podia haver dúvida na bebida ou na sobremesa, já sobre o prato principal quase ninguém hesitava.

Foi mais ou menos assim naquele almoço dos compadres. Meu pai prometera ao amigo que seria padrinho do primeiro filho dele. O garoto já passava dos 7 anos e as famílias ainda não se conheciam. Minha mãe, que aprendeu a fazer o quitute acompanhando as receitas no rádio, comprou filé mignon e cogumelos – até então um ingrediente pouco conhecido. A família convidada, moradora de um bairro afastado, ainda não havia provado a refeição da moda.

Luisinho, o futuro afilhado, teve mau pressentimento quando viu o olhar arregalado da própria mãe diante dos cogumelos lavados ao lado do fogão. Grandões, tinham acima do corpo uma espécie de guarda-chuva e aquela cor estranha. O menino lembrou de um Gibi que contava as aventuras de pererecas. Durante uma tempestade tóxica, elas se protegiam sob cogumelos gigantescos. Entre curioso e amedrontado, Luisinho entrou na cozinha e quando encostou o dedo neles sentiu a consistência gelatinosa, fria e entrou em desespero.

— É casinha de sapo! começou a gritar. É casinha de sapo! Se esgoelou com todas as forças, já vermelho e se engasgando com o choro.

Os compadres largaram a cerveja, a conversa e os cigarros, minha mãe escondeu as travessas com os champignons e as lágrimas de Luisinho jorraram pela sala. Enquanto um mutirão tentava acalmar a criança com água e açúcar, meu pai saiu correndo. Em cinco minutos voltou suado e com uma quentinha debaixo do braço.

— Pronto, meu afilhado, tem aqui um frango assado com farofa só para você. Luisinho abraçou o padrinho e sorriu já de olho no reluzente frango de coxas grossas.

Os pais de Luisinho, ele motorista e ela manicure, encararam o estrogonofe com desconfiança. Não queriam se arriscar, mas também não podiam fazer desfeita logo no primeiro almoço. Marlene, que nunca tolerou bebida alcoólica, viu minha mãe flambar a carne com conhaque e se assustou com a altura da labareda. Também não entendeu direito como comida salgada levava creme de leite.

E a casinha de sapo? Não era com o cogumelo que se fazia aqueles chás doidos dos hippies? Aqueles cabeludos fedorentos e maconheiros?

Meu pai serviu mais cerveja e minha mãe, a cozinheira e dona da casa, deixou as visitas à vontade.

— Se quiserem comam o frango, não tem problema. Posso também fazer ovos estrelados para acompanhar.

Sentado entre meus pais, eu vi os convidados em ação. Eles agradeceram pelo estrogonofe e se concentraram num ataque frontal ao frango e aos ovos de gema mole.

Sobraram os ossos, as cascas e nada mais. Marlene, Jeremias e Luisinho trituraram até o pescoço do bicho. Quando soube da história, um vizinho prepotente comentou.

— Gente, estrogonofe não é para qualquer um. A família vem lá da Gardênia Azul, na baixada de Jacarepaguá, para comer um prato como esse na Barra da Tijuca, não dá né?

Sim, o estrogonofe era um símbolo de prosperidade que a burguesia não queria dividir.

Existia uma palavra importada para definir o acesso aos modismos de então: status. Comer estrogonofe era uma questão de status. Acelerar um Puma conversível, também era uma questão de status. Assim como passear numa tarde de inverno com calça de veludo cotelê e suéter de gola rolê. Em outras palavras, ter status era estar na moda.

Há que ter coragem e personalidade para contrariar as tendências e minha avó esbanjava. Ela jamais pediu estrogonofe nos restaurantes e lanchonetes que frequentava em Copacabana, sempre acompanhada de um chopp gelado. Um só.

— Para cima de mim, não. Eles pegam o resto dos bifes que ficam nos pratos, levam pra cozinha, picam, misturam e oferecem essa gororoba requentada no dia seguinte. É sobra, é comida de cachorro. Muito obrigado, eu passo.

Já lá em casa, vendo a carne fresca, ela não recusava. Se na cozinha alho e cebola douravam e gritavam no óleo quente, na sala os estômagos roncavam. Depois, a carne e os temperos pegavam liga na panela. Aí o cheiro se transformava em aroma, invadia os quartos e até a casa dos vizinhos. A gente ia olhar a mistura e no final meu irmão pedia para acrescentar o creme branco naquele molho vermelho salpicado com o verde da salsinha e o amarelo pálido dos cogumelos. O caldo ficava rosado e denso. Ao lado, arroz branco soltinho, batata frita palito, ou palha, e uma garrafa de Grapete. Outro de meus irmãos ganhava uma versão exclusiva, sem cebola. No almoço de domingo, nem um grão de arroz voltava para a cozinha.

O amor de mãe foi capaz de transformar a mestra do quitute em admiradora do meu estrogonofe. Ela e meu pai se convidavam para almoçar e nem perguntavam o cardápio, que era quase sempre o mesmo. Comiam e repetiam com as netas. Sabiam que lá fora seria improvável encontrá-lo.

De repente, os donos de restaurantes expulsaram o prato dos cardápios. Pode ter sido insensibilidade, mau gosto, o preço da carne; difícil entender a decisão.

O estrogonofe saiu de moda e quem perdeu foi a moda

Na família, porém, ele resistiu e continuou um clássico. Ainda na infância, minhas filhas aprenderam a receita. Lorena mexia a panela, Luísa temperava o arroz, as duas picavam alho e cebola. Ousamos, e juntos preparamos também de frango, camarão, palmito.

Num fim de semana da Pandemia de 2020, sobrou lugar na mesa. Nem meus pais, que já se despediram há alguns anos, nem minhas filhas, que almoçaram com a mãe, tampouco meus irmãos que moram longe, ninguém podia participar. Com saudade das histórias e das pessoas, repeti o cardápio.

Pela primeira vez, o estrogonofe do almoço de domingo foi solitário e terminou, já ressecado, na noite da quarta-feira.

PAPEL PÓLEN BOLD 90G/M² ....
FONTES LINUX LIBERTINE 12 E
        VERY SIMPLE CHALK 12, 36 E 54 ....
IMPRESSO NA PRIMAVERA DE 2022 ....